I BLE'R AETH
HAUL Y BORE?

*Dymuna'r awdur gydnabod derbyn
ysgoloriaeth gan Gyngor Celfyddydau Cymru
yn 1994-95 i ysgrifennu'r nofel hon.*

I BLE'R AETH HAUL Y BORE?

EIRUG WYN

Argraffiad cyntaf: 1997
Chweched argraffiad: 2012

Llun y clawr: Alan Jones

Rhif Llyfr Rhyngwladol: 0 86243 435 1

Cyhoeddwyd yng Nghymru
ac argraffwyd ar bapur di-asid a rhannol eilgylch
gan Y Lolfa Cyf., Talybont, Ceredigion SY24 5AP
e-bost ylolfa@ylolfa.com
gwefan www.ylolfa.com
ffôn 01970 832 304
ffacs 832 782

Dychmygol yw'r mwyafrif o'r cymeriadau ac o'r digwyddiadau yn y gyfrol hon.

Nid felly Geronimo, Manuelito, Carleton na Carson, nac ychwaith symud (a cherdded) y Navahos o Geunant de Chelley i Ffort Defiance ac oddi yno i randir Bosque Redondo.

Addasiad yw'r prolog o ran o bennod gyntaf cofiant Geronimo (Barret, S M, *Geronimo – His Own Story*, 1907) ac mae'r caneuon sydd yng nghorff y gyfrol, ar glawr yng nghasgliad y Bureau of American Ethnology.

PROLOG

Yn y dechreuad roedd y byd i gyd yn ddu bitsh. Doedd yna ddim haul a doedd yna ddim dydd, a thrwy'r dragwyddol nos nid oedd na lloer na sêr.

Roedd yna, fodd bynnag, bob mathau o greaduriaid ac adar. Ymhlith y myrdd anifeiliaid roedd yna angenfilod, dreigiau, llewod, teigrod, bleiddiaid, llwynogod, dyfrgwn, cwningod, gwiwerod, llygod bach a mawr, a phob math o ymlusgiaid a nadredd. Ni fedrai dyn fodoli na lluosogi'n ddigonol oherwydd fod y creaduriaid a'r ymlusgiaid yn difa bron pob plentyn newydd-anedig.

Roedd gan y creaduriaid oll y gallu i ymresymu ac i siarad. Roeddynt wedi ymrannu'n ddau lwyth: y bwystfilod ar y naill law a'r adar pluog ar y llall. Yr eryr oedd brenin yr adar.

Yn achlysurol, byddai'r ddau lwyth yn cyfarfod i drafod. Roedd yr adar yn awyddus i drefnu golau i dorri ar undonedd y nos ond gwrthod a wnâi'r bwystfilod bob tro a dyna fu achos y rhyfel rhwng y ddau lwyth.

Pastynau oedd arfau'r bwystfilod, ond roedd yr eryr wedi dysgu'r adar i ddefnyddio bwa saeth. Roedd y nadredd mor ddoeth fel y methwyd eu lladd. Dringodd un neidr greigiau uchel un o fynyddoedd Arizona, ac mae un o'i llygaid (a drodd yn garreg lachar) i'w weld yn y creigiau hyd heddiw. Bob tro y lleddid arth, roedd yr arth farw yn troi yn ddwy arth fyw. Ni lwyddwyd i ladd y ddraig ychwaith, am fod ganddi dair côt o gen corniog na allai'r un saeth eu treiddio. Lladdwyd un anghenfil gan yr eryr doeth. Hedodd yr eryr yn uchel i'r awyr a gollwng carreg gron, wen ar ei ben. Fe'i lladdwyd yn syth bìn. Galwyd y garreg honno yn garreg gysegredig. Wedi dyddiau o ymladd ffyrnig, yr adar a orfu.

Ar ôl y rhyfel hwn, yr adar a reolai'r byd. Deddfwyd ganddynt fod golau i'w greu, i dorri ar undonedd y tywyllwch, ac mewn amgylchfyd felly y dechreuodd dynoliaeth ffynnu. Yr eryr oedd brenin yr holl fyd. Oherwydd hynny dechreuodd penaethiaid dynion wisgo plu'r eryr fel arwydd o ddoethineb, cyfiawnder a grym.

Ymhlith y bodau dynol yr oedd gwraig a oedd wedi esgor ar nifer fawr o blant a phob un ohonynt wedi'i ddifa gan y bwystfilod. Roedd hi'n wraig graff iawn, ac wedi llwyddo lawer gwaith i guddio'i babanod rhag y bwystfilod llai eu maint; doedd hi erioed fodd bynnag wedi llwyddo i guddio plentyn rhag y ddraig. Roedd y ddraig yn ddoeth ac yn ddrwg.

Un tro fe anwyd plentyn gwahanol iddi. Nid bod dynol oedd ei dad. Roedd hwn yn blentyn i'r fellten a'r daran. Yn blentyn i'r haul a'r lloer. Yn blentyn i'r pridd du a'r awyr las.

Cloddiodd ei fam ogof iddo'n guddfan, creodd iddo breseb tra oedd yn faban a gwely pan dyfodd yn blentyn. Yr unig fynediad i'r ogof oedd trwy ddiffodd tân y cartref a symud carreg yr aelwyd. Nid yn unig y cuddiodd yr hen wraig ei phlentyn ond darparodd wres ar ei gyfer hefyd.

Yn aml deuai'r ddraig heibio i'w holi, ond dywedai'r hen wraig wrthi bob tro, "Does gen i ddim ychwaneg o blant; rwyt ti wedi'u llarpio a'u bwyta nhw i gyd."

Pan dyfodd y baban yn blentyn, fedrai o ddim aros yn yr ogof mwyach. Roedd arno eisiau rhedeg a chwarae. Un tro, gwelodd y ddraig ôl ei draed ym mhridd y ddaear, a bu'n bygwth y fam lawer gwaith. Roedd y fam hithau'n byw mewn ofn.

Un dydd dywedodd y plentyn ei fod am fynd i hela. Rhybuddiodd ei fam ef gan adrodd hanes y ddraig, y bleiddiaid a'r ymlusgiaid, ond atebodd y bachgen, "Yfory, mi af i hela."

Yr unig fod dynol arall oedd ewyrth y bachgen, a gwnaeth hwnnw fwa a saethau iddo. Trannoeth aeth y ddau i hela ac wedi treulio peth amser yn dilyn trywydd ceirw, llwyddodd y bachgen i saethu un ohonynt yn farw. Dangosodd ei ewyrth iddo sut i dorri'r cig a'i baratoi i'w goginio. Gwnaethant dân, a phan oedd y cig yn barod i'w fwyta, gosodwyd ef ar lwyni coed i oeri. A dyna pryd y daeth y ddraig atynt. Doedd dim ofn ar y bachgen ond roedd ei ewyrth mor ofnus fel na allai symud na gewyn nac asgwrn. Cymaint oedd ei fraw fel na fedrai siarad ychwaith.

Estynnodd y ddraig y cig oddi ar y llwyni a'i osod wrth ei hymyl a dweud, "Ti ydi'r bachgen y bûm i'n chwilio amdano cyhyd ai e? Rwyt ti'n edrych yn barod i'th fwyta. Wedi i mi fwyta'r cig yma, mi fydda i'n dy fwyta di."

A dywedodd y bachgen, "Na, wnei di mo 'mwyta i, a fwytei di mo'r cig yna chwaith." A cherddodd draw at y ddraig, gafael yn y cig a'i osod yn ôl ar y llwyni.

Dywedodd y ddraig wrtho, "Rwy'n edmygu dy ddewrder, ond rwyt ti'n ffŵl! Beth ar wyneb daear all plentyn fel ti ei wneud i mi?"

Yna cymerodd y ddraig y cig unwaith eto, ac aeth y bachgen yn ôl ati a'i osod drachefn ar y llwyni.

Bedair gwaith yr aeth y ddraig i mofyn y cig a phedair gwaith y dychwelodd y bachgen ati'n eofn. Y pedwerydd tro, troes y bachgen ati a gofyn, "Wnei di ymladd â mi?" Atebodd y ddraig, "Gwnaf, ym mha ddull bynnag y dymuni di."

Dywedodd y bachgen, "Mi safaf i gant o gamau oddi wrthyt ac fe gei di fwa a phedair saeth. Bedair gwaith y cei di anelu a gollwng saeth tuag ataf. Wedi hynny fe newidiwn le. Mi gaf i saethu pedair saeth atat ti."

"Iawn!" meddai'r ddraig. "Saf ar dy draed!"

Yna, cymerodd y ddraig ei bwa a wnaed o goeden bin gyfan, a phedair saeth ugain troedfedd o hyd yr un. Anelodd at y bachgen a gollyngodd un o'r saethau. Ar amrantiad, neidiodd y bachgen i'r awyr ac o'i enau daeth sŵn rhyfedd. Chwalwyd y saeth yn fil o sglodion arian, llachar a gwelodd y ddraig y bachgen yn sefyll ar enfys liwgar yn yr union fan yr anelodd ei saeth ato. Yna, roedd yr enfys wedi diflannu a safai'r bachgen a'i draed ar bridd y ddaear unwaith eto. Bedair gwaith y digwyddodd hyn a phedair gwaith y gwyliodd y ddraig mewn rhyfeddod.

Yna dywedodd y bachgen, "Ddraig! Saf di yma; daeth fy nhro i i saethu!"

A dywedodd y ddraig, "O'r gorau, ond all dy saethau bychain di ddim trywanu hyd yn oed fy nghôt gyntaf i o gen corniog, ac mae gen i dair côt! Saetha!"

Saethodd y bachgen ei saeth gyntaf a tharo'r ddraig uwchben ei chalon; disgynnodd un o'i chotiau i'r pridd wrth ei thraed. Felly hefyd gyda'r ail saeth a'r drydedd nes roedd calon y ddraig yn noeth.

Gwaeddodd y bachgen ar ei ewyrth, "Tyrd! Symud neu fe fydd y ddraig yn disgyn arnat!" Rhedodd hwnnw tuag at y plentyn.

Rhoddodd y bachgen ei bedwaredd saeth yn ofalus yn llinyn ei fwa ac anelodd. Hedodd y saeth yn syth i galon y ddraig. Gyda rhu anferthol disgynnodd hithau ar ei hochr a rholio i lawr llethr y mynydd. Maluriwyd ei chorff ar y creigiau a daeth i orffwys mewn ceunant dwfn.

Holltodd y nefoedd a rholiodd cymylau duon dros y fan.

Tywalltodd y glaw, cleciodd y taranau a fflachiodd y mellt.
Drwy'r cyfan safai'r bachgen yn ei unfan a'i wyneb tua'r nef
yn diolch i Usen*. Ar ôl i'r storm fynd heibio, gallai weld corff
y ddraig ymhell islaw yn y dyffryn. Ac mae'r esgyrn yn dal yno
hyd heddiw.

Enw'r bachgen oedd Apache, a dysgodd Usen ef wedi hynny i
hela, i ymladd ei elynion ac i baratoi llysiau yn feddyginiaethau.
Apache oedd pennaeth cyntaf pob llwyth o Indiaid, a gwisgai
blu'r eryr fel arwydd o gyfiawnder, o ddoethineb, ac o rym. Iddo
fo, ac i'w bobl fel y crëid hwy, rhoddodd Usen diroedd.

Tiroedd y gorllewin gwyllt ...

---

*Usen = gair yr Apache am Dduw. Yn llythrennol ei ystyr yw 'Rhoddwr
Bywyd'.

Pennod Un

Gwyddai Haul y Bore fod ei hamser wedi dod.

Ers misoedd roedd hi wedi teimlo'r plentyn yn tyfu ac yn tyfu y tu mewn iddi. Roedd hi wedi'i deimlo'n symud, yn cicio ac yn anesmwytho. Rŵan, fodd bynnag, roedd y poenau'n dod yn aml ac yn gyson ac roedd yn amser iddi fynd i'r goedwig ac at yr afon i eni. Casglodd fân bethau ynghyd. Blancedi a chadachau – a'r brigyn.

Gwenodd wrth estyn y brigyn. Roedd o'n chwe modfedd o hyd ac yn hanner modfedd o drwch. Hwn a roesai Chico'n anrheg iddi cyn cychwyn ar ei daith gyntaf gyda'r dynion eraill i hela'r byffalo.

"Pan ddof yn ôl, wedi profi fy hun i Geronimo, fe fydd gen ti Apache bach newydd yn anrheg i mi!" Dyna'i eiriau wrthi.

"Hanner Apache!" cellweiriodd hithau. "Efallai mai Apache yw ei dad ond cofia mai Navaho o waed coch cyfan ydw i!"

"Wel, fy Navaho bach i, cymer hwn!" meddai, gan estyn y brigyn iddi. "Pan fydd y poenau'n aml ac yn ormod, rho fo rhwng dy ddannedd, a bratha."

Cusanodd hi.

"Mi fyddaf i hefo ti!"

Wrth i Haul y Bore adael ei phabell, roedd y merched eraill wedi dechrau ymgasglu gerllaw. Dechreuodd un uchelweiddi wrth ei gweld yn ymlwybro'n araf, ac atebwyd ei chri gan y lleill.

"Waw wow! Waw wow!"

Gwenodd Haul y Bore arnynt a chodi'i llaw. Dechreuodd gerdded yn araf at y coed a'r afon. Roedd hi'n cael trafferth i'w dal ei hun yn syth. Estynnodd ei llaw i gyffwrdd main ei chefn. Ochneidiodd.

Roedd ei chalon yn rasio gan ofn yr anhysbys. Roedd y merched eraill i gyd wedi rhannu'u profiadau â hi, ond rŵan, roedd o'n digwydd iddi hi. Yn digwydd go iawn. Wedi heddiw, gallai hithau rannu'i phrofiad â merched eraill. Ond am y munudau efallai yr oriau nesaf, byddai ar ei phen ei hun bach. Ochneidiodd eto. Roedd hi'n unig.

Yn sydyn, roedd arni hiraeth am ei phobl ei hun. Ei thad, Manuelito, ei mam wen, Juanita, ei theulu a'i ffrindiau. Roedden nhw gartref yng Ngheunant de Chelley. Beth ar wyneb daear a wnaeth iddi adael ei phobl a symud at yr Apache? Chwarddodd am iddi ofyn y fath gwestiwn dwl. Onid oedd yr ateb yn syml? Chico!

Roedd y ddau ohonyn nhw'n adnabod ei gilydd er pan oedden nhw'n blant. Roedd yna hen draddodiad rhwng yr Apache a'r Navahos. Gan eu bod yn gefndryd, i ddynodi parhad eu cyfeillgarwch a'u perthynas byddent yn cyfarfod unwaith y flwyddyn i gyfnewid nwyddau a bwyd. Ar un o'r achlysuron hynny y cyfarfu Haul y Bore â Chico.

Ar y pryd roedd o'n bymtheg oed a hithau'n dair ar ddeg ac o'r dydd hwnnw dywedasai Geronimo a Manuelito mai Haul y Bore fyddai gwraig Chico ryw ddiwrnod. Roedd hi'n cofio'n iawn y diwrnod y cafodd ei chyflwyno iddo. Roedd yna ddireidi yn llygaid gloywon y llanc wrth iddo wenu arni. Roedd hithau wedi dychwelyd ei wên. Roedd Chico wedi gafael yn ei llaw ac i ffwrdd â nhw at lannau'r Rio Grande. Yno, dangosodd Chico iddi'r fath bysgotwr medrus oedd o. Dangosodd iddi ei gamp gyda'r bwa saeth, ei fedrusrwydd gyda'r gyllell, a'i ddawn i farchogaeth ceffyl.

Cofiai'n dda geisio cuddio'i dagrau wrth i'r Navahos

gychwyn ar eu taith adref i Geunant de Chelley. Roedd hi'n cofio troi'n ôl a gwylio Chico a Geronimo yn ymbellhau, yn smotiau o gysgodion duon ar y gorwel. Roedd hi'n cofio codi'i llaw a gweld ei law yntau a'i fwa yn yr awyr yn cydnabod ei ffarwél.

Ddwy flynedd yn ôl y bu hynny. Rŵan, roedd hi'n wraig iddo ers bron i flwyddyn ac wedi gadael ei theulu a'i llwyth i fod gyda Chico. Ble roedd o'r funud hon? Ar gefn ei geffyl yn hela'r byffalo efallai? Roedd hi'n gwybod fod yr helfa hon yn bwysig i Chico.

Plentyn amddifad oedd o, wedi'i fabwysiadu gan Geronimo pan laddwyd ei rieni gan y Mecsicaniaid wyth mlynedd ynghynt. Roedd Geronimo wedi gweld deunydd heliwr a rhyfelwr cadarn ynddo, a dyna pam yr oedd o wedi'i fabwysiadu. Roedd Chico eisoes wedi'i brofi'i hun yn heliwr medrus o amgylch y gwersyll, ac eleni, roedd o'n cael cyfle i'w brofi'i hun ar yr helfa flynyddol i ddarparu stôr o fwyd i'r Apache at y gaeaf.

Daeth Haul y Bore at yr afon ac edrychodd i'r pwll. Roedd ganddi ddewis. Geni'r plentyn ar y lan, neu yn y pwll. Dewisodd aros ar y lan o dan ganghennau un o'r coed. Roedd sŵn sgrechiadau'r merched wedi distewi o'r tu ôl iddi, ond gwyddai fod y ddwy fydwraig o fewn clyw petai pethau'n mynd yn anodd arni.

Roedd hi'n chwysu, ac roedd y poenau'n dod ynghynt. Taenodd y flanced ar lawr a gosododd y cadachau a'r rhwymynnau arni. Gorffwysodd ei chefn ar foncyff y goeden ac anadlodd yn ddwfn. Cododd ei gwisg at ei chanol, lledodd ei choesau a chyrcydodd. Gwenodd. Pwy fyddai'n ferch? Gwasgodd ei chefn yn dynn i foncyff y goeden a gosododd y brigyn rhwng ei dannedd.

* * *

Roedd ôl sawl hen ysgarmes ar wyneb y milwr – roedd o'n greithiau byw. Wrth iddo godi'i olygon at yr haul tynnodd ei het ac estynnodd gadach o'i boced. Sychodd y chwys oddi ar ei dalcen a'i ben, a oedd yn prysur foeli. Tynnodd y cadach wedyn trwy'i fwstás trwchus ac ar hyd cefn ei wddf cyn ei gadw. Go damia'r iwnifform, meddyliodd, mae'n rhy boeth i'r tiroedd yma! Rhoddodd ei het yn ôl ar ei ben a phenderfynodd mai dwy awr o siwrnai oedd o'i flaen cyn cyrraedd y Ffort.

Estynnodd ei law unwaith eto at y bag lledr yr oedd wedi ei selio a'i glymu wrth gefn ei gyfrwy. Roedd y papurau oedd ganddo i'w rhoi'n bersonol i'r Cadfridog Carleton ac i neb arall. Roedd sêl yr Arlywydd ar y bag lledr a'i gynnwys.

Ni allai swyddfa'r Arlywydd fod wedi dewis neb gwell na'r Is-gyrnol Kit Carson i gario'r neges. Roedd Carson yn fawr ei barch fel milwr yn holl gatrodau'r fyddin, ac roedd i'r 'Taflwr Rhaffau' barch hefyd ymhlith llwythau'r Indiaid. Roedd hwn yn ddyn oedd yn eu deall. Roedd yn deall eu ffordd o fyw ac roedd haearn yn ei eiriau. Roedd yn rhyfelwr penigamp, yn arweinydd dynion ac yn strategydd heb ei ail. Roedd gan yr Indiaid barch at ŵr felly, boed gyfaill neu elyn.

Roedd Kit Carson wedi ymuno â'r fyddin er mwyn ymladd yn y Rhyfel Cartref. Doedd ganddo ddim amynedd gyda'r Cotiau Llwyd nac amser iddyn nhw ychwaith. Fel y rhan fwyaf o'i genhedlaeth o'r gogledd, roedd ganddo gydymdeimlad dwfn ag achos John Brown. Roedd Brown wedi gwrthod dweud dim cyn ei ddienyddio, ond roedd wedi rhoi nodyn ysgrifenedig i'r milwr a'i gwarchodai. Dywedai hwnnw'n syml 'Yr wyf i, John Brown, yn argyhoeddedig na all troseddau'r wlad euog hon gael eu carthu ond trwy dywallt gwaed'.

A phan ffurfiwyd Cynghrair Taleithiau'r De o dan Jefferson

Davies, yn dilyn ethol Lincoln yn Arlywydd, roedd Carson yn un o'r rhai cyntaf i ymuno â'r Cotiau Glas. Nid yn unig y credai mewn dileu'r fasnach gaethwasiaeth, ond credai hefyd yn gryf yn yr Undeb.

Ym mlynyddoedd cynnar y Rhyfel Cartref, roedd wedi gwneud ei farc fel milwr, a buan y cododd trwy'r rhengoedd i fod yn gapten. Erbyn hyn roedd yn Is-gyrnol.

Doedd pethau ddim wedi mynd fel yr oedd wedi gobeithio yn ystod y misoedd olaf hyn. Rŵan, roedd wedi cael ei anfon o faes y gad i diroedd yr Indiaid i gael y llaw uchaf ar y rheini. Doedd o ddim wedi ymuno â'r fyddin i hynny.

Gorchmynion oedd gorchmynion fodd bynnag, ac er iddo leisio'i brotest yn ddigon hyglyw a huawdl wrth ei uwch-swyddogion, milwr oedd o wedi'r cyfan. Ac roedd o ar hyn o bryd ar ei ffordd i Ffort Defiance gyda gorchmynion newydd o swyddfa'r Arlywydd ei hun.

Wyddai o ddim yn union beth oedd cynnwys y dogfennau a gariai yn y bag lledr, ond fe wyddai mai pen draw'r gorchmynion newydd oedd gorfodi'r Indiaid i adael eu tiroedd traddodiadol a gwladychu rhandiroedd o ddewis y llywodraeth.

Taenodd ei law yn dyner dros wddf ei geffyl.

"Dwy awr arall, 'rhen foi! Fe gei di orffwys yn iawn wedyn."

* * *

Pan waeddodd y merched ei henw, doedd gan Haul y Bore ddim nerth i'w hateb, a phan welodd eu hwynebau'n dynesu fedrai hi wneud dim ond gwenu trwy'i dagrau a'i chwys. Yn ei chôl roedd ei baban newydd-anedig.

"Chico bach!" meddai wrthynt yn floesg ac yn falch. "Chico bach ydi o! Oherwydd hynny Chiquito fydd ei enw!"

Edrychodd Haul y Bore eto ar ei baban. Byddai, fe fyddai

Chiquito'n heliwr ac yn rhyfelwr fel ei dad a'i daid. Roedd y gorau o ddau lwyth yn llifo trwy'i wythiennau. Byddai'n gwarchod ei deulu ac yn darparu ar eu cyfer. Byddai'n addurn i'w rieni.

Estynnodd un o'r merched ei breichiau i dderbyn y plentyn. Gwenodd Haul y Bore arni, ac ildiodd ei phlentyn iddi. Gwyddai, a hithau bellach gyda llwyth yr Apache, fod ganddi un gorchwyl arall i'w chyflawni er ei bod yn ei gwendid. Ymbalfalodd wrth ei thraed ac estyn am y brych. Taenodd ef yn ofalus ar y llathen sgwâr o groen. Gafaelodd yng nghorneli'r croen, ac yn araf dechreuodd ddringo'r goeden. Pan welodd fforch lydan yn y brigau gosododd y lledr arni'n ofalus, a'i agor. Gadawodd y brych yno gan sibrwd,

"Chiquito. Dyma fangre dy eni. Bydd rhan ohonot yn y llecyn hwn am byth. Cei ddychwelyd yma unrhyw bryd gyda balchder yng nghwmni dy blant a phlant dy blant. Gelli ddweud mai yma mae dy wreiddiau. Y tir hwn a'r goeden hon fydd yn fangre sanctaidd am byth i ti."

Wedi disgyn o'r goeden, cymerodd Chiquito a'i osod yn noeth ar wastad ei gefn o dan ei goeden. Yn araf a gofalus, rholiodd ef bedair gwaith i gyfeiriad y pedwar gwynt. Gallai yn awr ddychwelyd i'r gwersyll.

* * *

"Mae'r Arlywydd a'r Gyngres yn wallgof, syr!"
Cododd Carleton ei ben.
"Chlywais i mo hynna, Carson!"
"Mi ddyweda i o eto 'te! Maen nhw'n wallgof, syr!"
"Milwr wyt ti, nid gwleidydd!"
"Ond syr, mae'n gwbl amlwg y bydd yr Indiaid yn gwrthod derbyn cynllun mor wallgof!"
"Nid ein lle ni ydi ..."

"Fe fydd yna ladd ac ysbeilio, syr!"

"Carson!"

Gwyddai Kit ei fod wedi croesi trothwy cyfeillgarwch a bod y Cadfridog Carleton am ei atgoffa pwy oedd ben.

"Syr!"

"Ein gwaith ni, Carson, ydi ufuddhau i orchmynion y Gyngres, a gofalu bod deddf gwlad yn cael ei pharchu."

"Gyda phob parch, syr, yr unig beth mae'r ddeddf yma yn ei wneud ydi rhoi'r hawl i setlwyr ddwyn tiroedd yr Indiaid!"

"Deddf gwlad, Carson!"

"Deddf anghyfiawn, syr ..."

"Wyt ti'n dymuno aros yn y fyddin?"

Roedd min ar eiriau'r Cadfridog. Doedd dim rhaid atgoffa Carson iddo unwaith ymddiswyddo, ac mai ar ei gais ei hun y dychwelodd. Ildiodd, ond roedd ei waed yn berwi. Roedd o wedi disgwyl rhywfaint o gydymdeimlad gan y Cadfridog Carleton. Wrth gwrs, fe wyddai mai ei ddyletswydd fel milwr oedd ufuddhau i swyddogion uwch eu rheng nag ef, ond go damia, i ymladd anghyfiawnderau'r caethweision yn y De yr ymunodd o â'r fyddin, nid i erlid nac i orfodi Indiaid i adael eu cynefin.

Flynyddoedd cyn hynny buasai Kit Carson byw ymhlith Indiaid. Bu'n cyd-fyw am gyfnod gyda merch o lwyth y Cheyenne, ac roedd hefyd yn dad i blentyn o lwyth yr Arapaho. Yn ystod y cyfnod hwn daeth i barchu'r Indiaid, eu traddodiadau, a'u hymlyniad wrth eu tiroedd ac wrth natur.

Wedi hynny, aeth ei fywyd ar chwâl. Priododd â Joseffa, merch i dirfeddiannwr cyfoethog. Cymerodd dir ac adeiladodd ransh, a daeth yn fuan yn un o ddynion dylanwadol a chyfoethog Mecsico Newydd. Ond roedd o'n dal yn anhapus ymhlith dynion meddal y dref. Dyn yr awyr agored oedd o, ac er iddo ymddiswyddo o'r fyddin pan briododd â Joseffa, penderfynodd ddychwelyd.

O fewn mis iddo ddychwelyd, cafodd ei anfon i Ffort Defiance.

"Dy waith di, Carson, fydd symud yr Indiaid o Geunant de Chelley i'r Bosque!"

Aeth Carleton i gwpwrdd yng nghornel yr ystafell, ac estynnodd bapur wedi'i rolio. Agorodd ef, a'i daenu ar y bwrdd o'i flaen.

"Mae yna sôn fod yna rhwng dwy fil a dwy fil a hanner o Indiaid yng Ngheunant de Chelley a'r tiroedd oddi amgylch iddo, ac fel y gweli di, y Ffort agosaf atyn nhw ydan ni yma yn Ffort Defiance."

"Symudan nhw byth, syr."

"Trwy deg neu drwy drais, Carson!"

"Rydan ni ar fin lladd a llofruddio cannoedd ar gannoedd o Indiaid a dynion gwynion, syr, ac i beth?"

"Dyna'r ddeddf, Carson! Rŵan, os nad wyt *ti'n* fodlon eu symud, mi chwilia i am swyddog sy'n fodlon dilyn gorchmynion!"

"Mi wna i'r gwaith, syr, ond i chi wybod mai o'm hanfodd yr ydw i yn ei wneud o." Oedodd cyn ychwanegu, "Mae hyn yn gamgymeriad."

"Camgymeriad neu beidio, nid y ni fydd ar fai! Mae yna eraill, y rhai a luniodd y polisi, y rhai a gododd eu dwylo o'i blaid, y rhai a dorrodd eu henwau ar y ddeddf … Nhw biau'r cyfrifoldeb, nid ni."

A gwyddai Kit Carson mai'r Cadfridog oedd yn iawn. Roedd yn anochel y byddai'n rhaid i'r Indiaid symud. Ond roedd yna rywbeth yn ddwfn ynddo yn milwrio yn erbyn yr annhegwch. Gwyddai y byddai symud y Navahos yn dod â'u ffordd o fyw ers canrifoedd i ben. Ar amrantiad, byddai o, Kit Carson, wedi cyfranogi yn nifodiant diwylliant unigryw.

Pwyntiodd Carleton â'i fys.

"Dyma lle maen nhw'n byw am y rhan fwya o'r flwyddyn

– Ceunant de Chelley. Mae yna griwiau weithiau yn mynd ar deithiau hela neu i ryfela yn erbyn y Mecsicaniaid, ond dyma'r allwedd i'th lwyddiant."

Trawodd y map â'i hirfys.

"Dinistria Geunant de Chelley, ac fe fydd y Navahos ar eu gliniau, yn ymbil am gael mynd i'r Bosque!"

"Faint o ddynion fydd gen i, syr?"

"Hyd at fil."

"Pwy ydi'r capteiniaid, syr?"

"Ellman, Gregory, O'Connor, Graydon – a phan ddaw o'n ôl o berswadio'r Apache i symud, Dicks."

"Victor Dicks! Y llofrudd hwnnw!"

"Carson!"

Ysgydwodd Kit Carson ei ben. Bron nad ydoedd yn difaru'n barod iddo ailymuno â'r fyddin.

* * *

Aethai saith niwrnod heibio ac roedd Haul y Bore yn cryfhau bob dydd. Roedd Chiquito'n faban swnllyd ond roedd ei fam wedi gwirioni arno. Treuliai Haul y Bore oriau bob dydd yn ei fagu a'i suo i gysgu. Roedd o'n cysgu rŵan ac roedd hi'n fore braf. Y noson cynt o amgylch y tân roedd rhai o'r hen ddynion yn darogan y byddai'r helwyr gartref ymhen rhai dyddiau, ac ni allai Haul y Bore aros i weld wyneb Chico pan fyddai'n cyflwyno Chiquito iddo.

Heddiw roedd hi wedi crwydro unwaith eto at lan yr afon ac wedi gadael ei baban yn cysgu'n sownd yn ei phabell. Rhyw ddechrau ystwyrian roedd y gwersyll er bod yr haul wedi codi ers peth amser, a chŵn a cheiliogod wedi dechrau cyfarth a chanu i gyfarch diwrnod arall. Roedd Haul y Bore, yn ddiarwybod iddi hi ei hun, wedi dechrau canu.

"Wa-kan-kan yan wa-on, we wa-kan-kan yan wa-on we ma-lipi-ya ta wa-ki-ta …"

Cân oedd hon a ddysgwyd iddi gan Juanita, ei mam wen. Cân yn moli bywyd, yn moli'r nefoedd a ffordd y Navahos o fyw.

Tawodd yn sydyn a meiniodd ei chlustiau. Roedd rhywbeth o'i le. Roedd hi'n fore braf a'r awyr yn glir, ac eto roedd twrf taranau i'w glywed o bell. Dechreuodd cŵn gyfarth a chodwyd llef a gwaedd o'r gwersyll. Yn sydyn sylweddolodd Haul y Bore nad sŵn taranau ydoedd ond sŵn carnau ceffylau. Ceffylau'n carlamu. Clywodd sŵn biwgl yn diasbedain drwy'r llannerch a sŵn dynion yn gweiddi.

Chwe gŵr ifanc a adawyd gan Geronimo i warchod y gwersyll. Doedden nhw ddim yn disgwyl ymosodiad, ond rŵan roedd yna ddegau o filwyr y Cotiau Glas yn rhuthro atyn nhw yn chwifio cleddyfau ac yn tanio'u gynnau. Ni syflodd yr un o'r chwech. Wynebu'i elynion oedd dyletswydd pob Apache, waeth beth fyddai'r perygl.

Gwyliodd Haul y Bore â syndod y gwŷr ifanc yn sefyll am ennyd ac yna'n rhedeg tuag at, ac yn bygwth, y milwyr a ruthrai tuag atynt. Taniodd pistolau'r milwyr a syrthiodd tri Indiad ar eu hunion. Â sgrech annaearol taflodd dau o'r lleill eu hunain i lwybr y ceffylau gan wybod y byddai hynny'n creu anhrefn wrth i'r rheini'n reddfol geisio'u hosgoi. Syrthiodd dau geffyl a sgrechiodd un o'r milwyr wrth iddo gael ei wasgu dan bwysau'r ceffylau. Fflachiodd dau gleddyf a syrthiodd y ddau Indiad.

Llamodd yr olaf o'r Indiaid ar gefn un o'r ceffylau yn yr anhrefn a thrywanodd â'i gyllell. Disgynnodd y ceffyl, y milwr a'r Indiad i'r llawr. Pan gododd y ceffyl yr Indiad oedd ar ei gefn. Cwpanodd ei ddwylo dros ei geg a llanwyd y gwersyll â gwaedd ryfel yr Apache. Yna, roedd gynnau'r milwyr wedi eu troi ato a bu farw a'i gnawd yn boeth o ddur.

Safai Haul y Bore wedi fferru yn ei hunfan. Ni fedrai symud, ac eto fe wyddai bod rhaid iddi. "Chiquito!" Sgrechiai'r enw yn ei meddwl. Cymerodd anadl ddofn a dechreuodd redeg at ei phabell. Roedd hi'n ceisio anwybyddu'r hyn oedd yn digwydd o'i chwmpas.

Roedd panig llwyr drwy'r gwersyll. Roedd milwyr y Cotiau Glas yn saethu ac yn trywanu pawb oedd o fewn cyrraedd iddynt. Roedden nhw'n ymlid y plant oedd yn rhedeg tua diogelwch yr afon, ac yna'n eu saethu neu'n eu trywanu yn eu cefnau â'u cleddyfau. Y rhai a ddaliai i wingo wedi'r ergyd gyntaf, caent ail ergyd yn eu pennau.

Gwelodd Haul y Bore un milwr yn rhoi ei bistol yng ngheg hen wraig. Cododd ei law chwith mewn ystum o ffarwelio â hi, a thaniodd ergyd i'w cheg. Gwelodd eraill yn dal rhai o'r merched ifanc, yn eu llusgo i'w pebyll, ac yn eu treisio yn y fan a'r lle. Roedd cyrff a gwaed ac ergydion a sgrechiadau yn llenwi'r llannerch. Ond ceisiodd Haul y Bore roi hyn oll o'i meddwl. Yr unig beth roedd hi eisiau'i wneud oedd achub Chiquito. Cyrhaeddodd ei phabell a rhuthrodd am ei mab. Clymodd siôl yn dynn amdano a gwasgodd ef i'w mynwes. Estynnodd gyllell a rhwygo cefn y babell. Yn gyflym, gwthiodd ei phen drwy'r agoriad i weld a fedrai hi ddianc. Roedd hanner canllath rhyngddi hi a'r coed. Doedd ganddi ddim dewis, rhaid oedd iddi redeg.

Edrychodd y Capten Victor Dicks o'i amgylch â bodlonrwydd. Roedd o wedi cael gorchymyn i chwilio am wersyll yr Apache a phennaeth hynafol y llwyth, Mangas Colorado. Roedd o hefyd i chwilio am ddau o benboethiaid yr Apache – Geronimo a Cochise. I Dicks, Apache oedd Apache. Roedd o newydd ddychwelyd o Santa Fe lle roedd o a'r Capten Paddy Graydon wedi trechu un llwyth o Apache, y Mescaleros. O dan arweiniad y Cadfridog Carleton roedden nhw wedi lladd arweinwyr y Mescaleros, ac wedi cludo'r pum cant a hanner oedd yn weddill i randir Bosque Redondo ar lannau'r Pecos.

Roedd o'n cofio'n dda y noson yr ildiodd y Mescaleros ac yn hoff o ailadrodd yr hanes.

Roedd tri o arweinwyr y Mescaleros wedi dod i Santa Fe i gyfarfod Carleton, ac i siarad am heddwch. Unig ateb Carleton i'r Indiaid oedd symud i'r Bosque. Gwyddai Carleton yn dda am yr arian mawr y byddai tir ffrwythlon fel Dyffryn y Rio Grande yn ei hawlio pan ddeuai'r setlwyr o'r gogledd a'r dwyrain. Yn sicr doedd rhyw fil o Apache ddim yn mynd i sefyll yn ei ffordd.

Ar eu ffordd yn ôl i'w pentref, roedd yr Indiaid wedi codi gwersyll dros nos ger Gallina Springs. Daeth Dicks a Graydon a rhai milwyr eraill ar draws y gwersyll. Roedden nhw wedi esgus bod yn ffrindiau gyda'r Indiaid ac wedi estyn sachau blawd, cig, a wisgi iddyn nhw. Roedden nhw hyd yn oed wedi aros yn eu cwmni am rai oriau tra oedden nhw'n llowcio'r ddiod gadarn. Yna, ar orchymyn Graydon, tynnodd y milwyr eu gynnau a saethu'r Indiaid yn farw. Chwarddodd wrth gofio.

Rŵan, wrth edrych ar y celanedd o'i gwmpas, daeth geiriau'r Cadfridog Sherridan i'w feddwl. Credai hwnnw mai'r unig Indiad da oedd Indiad marw. Dyna pam, er ei fod yn gwybod nad oedd dynion ifanc yn y gwersyll, ei fod wedi gorchymyn i'w ddynion ladd pawb yn ddiwahân.

Roedd y sgowtiaid wedi dweud wrtho fod y dynion, fwy na thebyg, allan ar y gwastatir yn casglu bwyd at y gaeaf, ac mai hen bobl a gwragedd a phlant oedd yn y gwersyll. Ond roedd y sgowtiaid yn sicr mai gwersyll Geronimo oedd y gwersyll. Dyna pam roedd Dicks wedi penderfynu ymosod yn syth.

"Dim trugaredd i neb!" meddai wrth ei ddynion. "Cofiwch y bydd plentyn wyth oed heddiw yn anwar creulon ymhen chwe blynedd. Fe fydd y merched ifanc yn esgor ar fwy o anwariaid, ac fe fyddai gadael yr hen bobl yn fyw yn gyfle i'r Indiaid greu chwedlau am wrhydri. Rhaid difa'r pla oddi ar wyneb y ddaear!" Roedd wedi ychwanegu gyda gwên, "Ac os oes rhai ohonoch chi hogiau yn hiraethu am y ferch a adawsoch chi ar ôl, mae merched yr Apache yma'n ddigon nwydwyllt! Waeth i chi gael ychydig o hwyl ddim!"

Chwerthin ddaru'r dynion.

Edrychodd Dicks o'i amgylch ar faes y gyflafan. Roedd o'n sicr iddo weld merch yn rhedeg tuag at un o'r pebyll agosaf at yr afon, ac roedd o wedi'i ddilyn o hirbell ar gefn ei geffyl. Roedd o rŵan yn aros iddi ddod allan. Wedi'r cwbl, os oedd hi'n ifanc, roedd hi'n iawn iddo yntau gael ei damaid hefyd.

O'i amgylch roedd ei ddynion yn mynd o gorff i gorff yn gwneud yn siŵr fod pob Indiad yn farw. Dim ond ambell ergyd oedd i'w chlywed erbyn hyn, ac roedd y sŵn mwyaf yn distewi.

Ymhen rhai eiliadau aeth ei chwilfrydedd yn drech nag o. Aeth at y babell a chan estyn ei bistol gwyrodd yn ei gyfrwy ac agor y fflap. Rhegodd dan ei anadl pan welodd y rhwyg yn y cefn. Ysbardunodd ei geffyl a'i gymell i gefn y babell. Gwelai'r ferch yn rhedeg. Roedd hi bron â chyrraedd y coed.

Roedd Haul y Bore yn rhedeg am ei bywyd. Roedd hi wedi gweld y milwr yn dod tuag ati ar gefn ei geffyl a gweddïai y gallai gyrraedd y coed cyn iddo sylweddoli beth oedd ei bwriad.

Roedd Chiquito'n dynn yn ei mynwes a hithau'n nesáu gam wrth gam tuag at ddiogelwch. O'i hôl clywodd sŵn carlamu gwyllt a gwyddai fod y milwr yn dod ar wib. O fwrw cipolwg dros ei hysgwydd gwelodd y ceffyl yn dod ar ei gwarthaf. Hyrddiwyd hi a Chiquito i'r llawr. Cododd ar ei heistedd gan afael yn dynn yn ei baban. Edrychodd ar y milwr. Roedd hwnnw wedi disgyn o'i gyfrwy ac yn sefyll uwch ei phen a'i bistol yn ei law.

Roedd o'n ŵr mawr, cydnerth a barf goch yn cuddio'r rhan fwyaf o'i wyneb. Roedd o'n cnoi baco. Gwenodd, a daeth rhes o ddannedd brown, budron i'r golwg. Poerodd y sug ar lawr wrth ei draed. Rhoddodd ei bistol yn ôl yn ei holster.

Daeth ton o ryddhad dros Haul y Bore. Doedd o ddim yn mynd i'w saethu wedi'r cyfan. Estynnodd un llaw ati fel petai am ei chynorthwyo i godi, ond yr eiliad nesaf roedd o wedi cipio Chiquito oddi arni. Cododd hithau i'w amddiffyn ond cafodd ddyrnod yn ei hwyneb nes roedd hi ar lawr drachefn.

"Na!" sgrechiodd.

Roedd Dicks wedi taflu'r baban wrth ei draed ac yn dadweinio'i gledd.

"Un arall yn llai – bitsh!" ysgyrnygodd. Yna gwthiodd ei gleddyf drwy stumog y plentyn.

Fferrodd Haul y Bore. Fedrai hi wneud na dweud dim. Roedd hi eisiau sgrechian "CHIQUITO!" ond rhewodd yr enw ar ei gwefusau a llanwyd ei llygaid â dychryn. Roedd hi eisiau chwydu. Chwydu ei pherfedd ar y borfa. Roedd hi eisiau marw. Marw fel ei Chiquito.

Ond doedd Dicks ddim wedi gorffen. Roedd rhai o'r milwyr eraill yn dod draw ato, a chan fod ganddo gynulleidfa, roedd o am roi sioe go iawn iddyn nhw. Cododd ei gleddyf uwch ei ben a disgynnodd y llafn creulon ar ŵyr at y corff llonydd wrth ei draed. Prociodd, a chododd ei gledd. Bloeddiodd y milwyr eu cymeradwyaeth. Roedd pen y baban ar flaen y cleddyf.

Yn ei dychryn ni wyddai Haul y Bore beth i'w wneud. Roedd hi eisiau hyrddio'i hun at y milwr blewgoch, roedd hi eisiau ei ddiberfeddu, cowjio'i lygaid o'i ben, ei ysbaddu – ond fedrai hi wneud dim. Gafaelodd yn ei gwallt a'i dynnu o'i wreiddiau. Gwthiodd ei bysedd i'w cheg a'u brathu'n galed. Drwy'r cyfan roedd ei hanadl wedi mynd yn afreolaidd. Roedd yna rywbeth yn gwthio'i ffordd i fyny o'i stumog. Roedd yna waed ar ei phen lle rhwygwyd ei gwallt o'i wraidd, roedd yna waed lond ei cheg. Rhoddodd ei llaw friwedig ym mhlygion ei mynwes a theimlodd garn y gyllell.

I gyfeiliant cymeradwyaeth ei ddynion, dechreuodd Dicks ddiosg ei arfau a'i ddillad. Camodd at Haul y Bore a gafaelodd yn ei llaw lipa. Dechreuodd ei llusgo tua'r coed. Gwlychodd ei weflau.

"Dwyt ti ddim isho i bawb weld, wyt ti!"

"Chiquito!"

Doedd o ddim yn swnio fel enw Chiquito. Gwyddai Haul y Bore mai sŵn gwahanol a ddaethai o'i genau ond roedd hi am i'r milwr gael gwybod pam. Erbyn hyn roedd Dicks wedi ei llusgo o dan un o'r coed agosaf ac roedd yn sefyll uwch ei phen.

"Chiquito!" ceisiodd sgrechian drachefn, ond hysian yn unig a wnaeth hi mewn gwirionedd.

Chwerthin a wnaeth Dicks.

"Tynna'r dillad 'na'r slwt."

Gwyrodd yn ei flaen i afael yn ei gwisg. Gwelodd ei bod yn dal ei llaw chwith yn dynn i'w mynwes fel pe bai'n ceisio'i atal. Gafaelodd yn ffyrnig yn y brethyn yn barod i'w rwygo, a dyna pryd y sgrechiodd Haul y Bore.

"Chiquito!" sgrechiodd yn ei wyneb. Ar yr un pryd cododd y gyllell yn barod i drywanu Dicks yn ei wddf, ond roedd hwnnw'n rhy gyflym iddi. Clodd ei fysedd am ei harddwrn a rhoddodd dro sydyn iddi nes roedd ei hesgyrn yn clecian. Disgynnodd y gyllell ar lawr a disgynnodd Dicks ar Haul y Bore.

"Chiquito, ie?" hysiodd y milwr. "Dyna beth oedd enw'r basdad bach?"

Gorweddai Haul y Bore yno'n ddiymadferth. Doedd ganddi ddim nerth i ymladd. Roedd popeth wedi mynd. Roedd hi'n mynd i gael ei threisio a'i lladd.

Roedd hi'n ceisio peidio ag edrych i wyneb Dicks, ond roedd o'n mynnu troi'i hwyneb hi tuag at ei wyneb yntau. Estynnodd hithau ei dwylo a gafael mewn daear a phridd a glaswellt. Roedd y dagrau'n llifo i lawr ei hwyneb ond doedd hi ddim yn poeni. Gwasgodd y pridd yn galed i'w dyrnau. Gwyliai wyneb hagr Dicks fel y nesâi at ei dafliad. Gwasgodd y pridd i'w dyrnau. Symudodd ei dwylo i afael mewn rhagor.

Torrodd argae Dicks a rholiodd oddi ar Haul y Bore. Gorweddai hi yno'n llonydd. Roedd hi newydd afael mewn carreg. Doedd hi ddim yn garreg fawr, ond roedd hi'n galed.

Cododd Dicks ac aeth yn ôl at ei ddillad. Gwaeddodd ar ei ddynion, "Os oes yna rywun isho gwagiad, mae yna uffar o beth boeth yn fan'ma!"

Eisteddodd ar lawr i dynnu'i esgidiau am ei draed. Cododd ei ben pan glywodd leisiau'i ddynion yn ei rybuddio, ond roedd hi'n rhy hwyr. Aeth yn nos ddu arno. Roedd Haul y Bore wedi'i daro'n galed ar ei ben.

Safodd hithau yno am ennyd yn edrych y tu hwnt i'r clwyf oedd ar ben y Capten. Yno roedd corff bychan yn gorwedd. Disgynnodd ar ei gliniau. Yn ei dicter plannodd ei cheg yng ngwddf y Capten a brathodd â'i holl nerth. Clywodd y cnawd yn rhwygo rhwng ei dannedd a theimlodd y gwaed yn llifo'n gynnes i'w cheg.

Ofnai'r milwyr danio ergydion ati rhag iddynt daro'r Capten; ond yna, gyda sgrech herfeiddiol, troes Haul y Bore a rhedeg i'r coed.

Rhedodd rhai o'r milwyr ar eu hunion i ymgeleddu Dicks, ac aeth eraill ar ôl y ferch.

Ymhen rhai munudau daeth Dicks ato'i hun.

"Y bitsh! Lle mae hi?"

"Rhywle yn y coed, syr. Fe sgrechiodd 'Chiquito' cyn rhedeg i'r coed."

"Rhaid i ni'i ffeindio hi! Ugain doler i bwy bynnag a ddaw a'i chorff hi'n ôl yma mewn hanner awr!"

Rhuthrodd y milwyr fel un gŵr i'r coed. Wedi'r cyfan, roedd ugain doler yn gyflog mis.

Ceisiodd Dicks godi, ond ni allai. Roedd yr ergyd wedi'i daro'n galetach nag yr oedd wedi tybio. Roedd gwaed hefyd yn ffrydio o'r clwyf yn ei wddf. Bu ar ei eistedd am rai munudau cyn ceisio codi drachefn. Y tro hwn, trwy bwyso'n drwm ar ei reiffl, herciodd at ei geffyl. O fag ei gyfrwy estynnodd rwymyn a photel o wisgi. Cymerodd ddracht o'r botel cyn socian y cadach a'i wthio i'r clwyf. Brathodd ei wefus, a throdd yn gyflym i edrych tua'r coed.

"Bitsh!" meddai drachefn.

Petai wedi edrych yr un mor gyflym i gyfeiriad yr afon, mae'n bosib y byddai wedi gweld wyneb rhychiog, gwelw a dau lygad llonydd, stond yn syllu'n oeraidd arno drwy'r hesg. Yn ystod ei phedwar ugain ac un o flynyddoedd ar y ddaear roedd Quanah wedi gweld pethau erchyll, a hoffai adrodd straeon am yr erchyllterau hynny yn hwyr y nos yng ngolau'r tân i ddychryn rhai o'r plant ienga. Rŵan, roedd ganddi stori newydd. Stori y byddai'n rhaid iddi ei hadrodd yn dawel. Ei hadrodd i ddechrau wrth Geronimo a Chico ...

* * *

Roedd Manuelito'n poeni. Roedd o a Barboncito, Herrero Grande, Armijo, Delgadito a *ricos** eraill y Navahos yn dychwelyd o Ffort Wingate. Roedden nhw newydd fod yn trin ac yn trafod heddwch gyda Chyrnol Canby. Ond roedd Manuelito'n poeni. Roedd y Navahos wedi dewis Herrero Grande yn brif bennaeth ac roedd hwnnw wedi rhuthro i arwyddo cytundeb gyda Canby. Rhan o'r cytundeb oedd y byddai'r Navahos yn diarddel lladron o'r llwyth. Doedd Manuelito ddim yn credu y gallent gadw at y cytundeb hwnnw gan fod 'dwyn' yn golygu dau beth hollol wahanol i'r

---

*ricos = penaethiaid y Navahos, y rhai oedd yn berchen ar anifeiliaid.

dyn gwyn ac i'r Navahos. Ond fe'i harwyddwyd gan Herrero Grande serch hynny.

Roedd y rhyfel rhwng y Navahos a'r dyn gwyn eisoes wedi para am flwyddyn ac roedd hi'n bryd cael heddwch. Tra parhâi'r rhyfel, fedrai'r Navahos ddim trin y tir na phorthi'u hanifeiliaid, a fedrai'r dyn gwyn fyth drechu'r Navahos ar eu tir eu hun, heb ddod â degau o filoedd o filwyr i'r cyffiniau. Doedd neb fel y Navahos am drefnu cyrchoedd cyflym a gwaedlyd, ac yna ddiflannu i Fynyddoedd y Chusca.

Dechreuodd yr helynt pan ddaeth y dyn gwyn i dir y Navahos ac adeiladu Ffort ger Canyon Bonito. Galwyd y Ffort yn Ffort Defiance. Llanwyd hi â milwyr, a rhoddwyd eu ceffylau a'u stoc o wartheg i bori ar dir ger y Ffort. Roedd y tir hwn yn dir pwysig a gwerthfawr i'r Navahos. Rhoddwyd gorchymyn iddynt gan y Cotiau Glas i gadw'u hanifeiliaid oddi ar y tir ac, er mwyn heddwch, cytunodd y *ricos* i hynny. Gan nad oedd y tir wedi'i ffensio, roedd hi'n amhosib i'r Navahos gadw'u hanifeiliaid i gyd rhag crwydro yno, ac un bore, ar orchymyn pennaeth y Cotiau Glas, saethwyd tri chant o anifeiliaid y Navahos.

Casglodd Manuelito ei ddynion ynghyd ac am rai misoedd buont yn ymosod ar y milwyr a'u gwersylloedd ac yn ceisio dwyn ceffylau ac anifeiliaid eraill yn lle'r rhai a laddwyd. Dyna pryd y dechreuodd y Cotiau Glas anfon trŵp o filwyr allan i'r anialdir i chwilio am y Navahos a'u lladd. Daeth pethau i ben pan ymosododd Manuelito a phum cant o ddynion ar Ffort Defiance a dwyn ceffylau'r milwyr bron i gyd, ond doedd picellau a saethau ac ambell i hen wn rhydlyd yn dda i ddim yn erbyn gynnau modern y Cotiau Glas a bu'n rhaid i'r Navahos ffoi. Ond nid am hir. Gyda chymorth Barboncito, ailymosododd Manuelito ar Ffort Defiance gyda mil o ddynion a chafodd y Cotiau Glas wers i'w chofio. Yn dilyn hynny, anfonwyd y Cadfridog Canby gyda chwe chatrawd o gafalri a naw catrawd o inffantri i chwilio ym Mynyddoedd y Chusca am Manuelito a'r Navahos. Martsiodd y milwyr drwy diroedd Red Rock heb weld arlliw o'r Indiaid er eu bod yno'n llygaid ac yn glustiau i gyd. Bu'r Navahos yn chwarae mig â'r milwyr drwy eu cadw'n effro yn ystod y nos â sgrechiadau, neu drwy anfon dau neu dri i'w gwersyll liw nos i ryddhau ceffylau a'u gyrru oddi yno ar garlam. Yn y diwedd, dychwelodd Canby a'r milwyr i Ffort Wingate a galw Manuelito a phenaethiaid y Navahos ato i drafod heddwch.

Rŵan, a hwythau'n troi am adref wedi'r cyfarfod, roedd meddyliau pob un ohonyn nhw ar y geiriau a lefarwyd, a'r papur a arwyddwyd. Byddai Manuelito, pe bai o'n bennaeth, wedi mynnu eu bod yn ymneilltuo i drafod y papur cyn arwyddo. Ond Herrero oedd y pennaeth, ac yng ngŵydd dieithriaid, roedd gair y pennaeth yn cyfrif.

Roedd Canby wedi gofalu bod ganddo anrheg i bob un o'r Indiaid. Roedd wedi mynd i'r storws cyn i'r Indiaid gyrraedd ac wedi gorchymyn i'r sarjant ddod atynt i'r ystafell ag anrheg ar gyfer pob un. I'r penaethiaid, Herrero Grande, Manuelito, Barboncito ac Armijo, rhoddodd esgidiau marchogaeth lledr. I'r *ricos* eraill, rhoddodd fag cyfrwy lledr a chostrel ddŵr. Yn yr un ysbryd, roedd Herrero Grande wedi dod â thair blanced liwgar yn anrhegion i Canby.

Wedi marchogaeth yn galed am hanner awr, arhosodd yr Indiaid am ysbaid i ddyfrio'r ceffylau. Doedd yr un ohonyn nhw wedi siarad am y cytundeb ar ôl ei arwyddo, ond unwaith yr oedden nhw ymhell o olwg y Ffort, cafwyd seibiant. Gollyngwyd y ceffylau i yfed o'r afon tra aeth rhai i astudio'u 'anrhegion'.

Estynnodd Manuelito'i esgidiau newydd a gwisgodd nhw. Roedden nhw'n ffitio'n braf, ac o wneuthuriad da.

"Rwyt ti'n dawel, Manuelito."

Am funud meddyliodd Herrero Grande nad oedd ei gyfaill wedi'i glywed. Edrychodd arno. Roedd Manuelito'n ŵr cydnerth a dim arlliw o wên ar ei wyneb. Nid nad oedd yn ŵr llawen, ond edrychai'n sarrug bob amser. Roedd dau lygad treiddgar yn fflachio o dan y rhwymyn gwyn oedd rownd ei dalcen, ac roedd ei geg yn un llinyn main uwchben ei ên sgwâr a llydan. Cododd ei law a rhoddodd dri thro i'w glustlws.

"Efallai i ni fod yn fyrbwyll, Herrero."

Am eiliad credai Herrero Grande mai beirniadaeth ar ei arweinyddiaeth oedd geiriau Manuelito, ond doedd dim her yn y llais. Dim ond datganiad moel oedd o.

"Mae'n rhaid i ni gael heddwch …"

"Heddwch! Fe wyddost na fedrwn ni ymddiried yng ngeiriau'r dyn gwyn!"

"Mae yna ddigon o dir i'w rannu! Dydy'r Navaho erioed wedi gofyn am fwy nag sy raid iddo ei gael i fyw."

"Ildio, ildio, ildio. Dyna'r cyfan a wnawn ni! Rydan ni eisoes wedi ildio meysydd y porthiant i Ffort Defiance."

"Os na fyddwn ni byw mewn heddwch, mi dreuliwn ein holl amser fel y llynedd. Methu trin y tir yng Ngheunant de Chelley, methu edrych ar ôl ein hanifeiliaid. Methu hela i gadw'n teuluoedd trwy fisoedd y gaeaf … gwyddost fel y mae'r flwyddyn ddiwethaf wedi'n tlodi. Heb anifeiliaid, heb gynnyrch ein tiroedd, fyddi di na minnau ddim hyd yn oed yn *ricos!*"

Gwyddai Manuelito fod doethineb yng ngeiriau Herrero Grande. Doedd neb wedi elwa mewn gwirionedd ar y rhyfel, ond roedd straeon wedi cyrraedd llwythau eraill fod rhagor o'r dynion gwyn ar eu ffordd. Doedd y rhai oedd wedi cyrraedd yn barod yn ddim o'u cymharu â'r niferoedd oedd i ddod. Roedd eu rhifedi fel sêr y nefoedd. Byddai angen tiroedd, a byddai angen porthiant arnyn nhw. Fe fydden nhw'n clirio'r coed i godi cartrefi. Gallai'r Navahos golli llawer mwy os nad oedden nhw'n mabwysiadu agwedd fwy caled.

"Glywaist ti fod y Cotiau Glas yn erlid y Mescaleros?"

Nodiodd Herrero Grande. Un o lwythau'r Apache oedd y Mescaleros – un o'r llwythau lleiaf o ran nifer. Tua mil oeddynt i gyd, ond roedden nhw'n byw ar diroedd ffrwythlon iawn. Roedden nhw wedi methu cyd-fyw â'r dyn gwyn, ac roedd sawl ymrafael gwaedlyd wedi bod. Aethai pethau o ddrwg i waeth, a'r sôn diweddaraf oedd bod y Mescaleros i gyd i'w symud i randir Bosque Redondo ar lannau'r Pecos.

"Fe fydd Mangas Colorado o'i go!"

"Roeddwn i'n meddwl galw heibio i'r hen ŵr ar fy ffordd adre ..."

Gwelodd Herrero gyfle yma i gryfhau'i ddadl.

"Mae o wedi llwyddo i gadw'r heddwch gyda'r dyn gwyn ..."

"Drwy amynedd a doethineb ... a bygwth!"

"... ar waetha'r ffaith fod Geronimo a Cochise yn yr un llwyth ag o!"

"Ifanc a phenboeth ydyn nhw, Herrero! Pan na fydd cysgod yr hen ŵr dros y llwyth, bydd y ddau yna'n creu hafog i'r dyn gwyn, gei di weld."

Bu'r ddau'n dawel am ennyd.

"Mynd i weld Haul y Bore wyt ti, Manuelito?"

"Welais i mohoni hi na Chico ers blwyddyn gron." Chwarddodd Manuelito'n falch cyn ychwanegu, "Fe ddaw yntau i esgidiau Mangas wedi dyddiau Geronimo, gei di weld!"

* * *

Roedd y ceffyl gwyn yn carlamu nerth ei garnau a'i fwng a'i gynffon yn cosi'r gwynt. Roedd y llanc oedd yn ei farchogaeth yn gorwedd fwy neu lai ar ei gefn. Gwyrai ymlaen i siarad mewn llais tawel, mwyn â'r ceffyl. Doedd ganddo ddim cyfrwy nac awenau. Gafaelai am wddf y ceffyl, a gwyddai hwnnw wrth symudiad lleiaf cluniau'i feistr beth i'w wneud nesaf a pha ffordd i droi. Rŵan, ers cryn chwarter awr, roedd o'n carlamu'n gyflym. Ychydig amser eto ac fe ddôi at y Rio Grande; gallai wedyn ddilyn yr afon yn syth a'i chroesi i'r pentref.

Roedd Chico uwchben ei ddigon. Roedd yr helfa wedi mynd yn dda ac yntau wedi'i brofi'i hun i Geronimo. Y fo, Chico, oedd wedi lladd un o'r saith byffalo a ddaliwyd, ac roedd Geronimo wedi dweud eisoes y byddai'n adrodd am ei wrhydri o gylch tân y dathlu. Roedd o hefyd wedi addo i Chico y câi fynd gyda pharti rhyfel nesa'r Apache yn erbyn y Mecsicaniaid.

Rhwng canmoliaeth Geronimo a'r awch am weld Haul y Bore, ac efallai ei blentyn cyntaf, doedd ryfedd bod y llanc uwchben ei ddigon. Gwyddai Geronimo'n dda am hiraeth Chico, a dyna pam, tra oedd y gweddill ohonyn nhw yn pacio'r cig a'r crwyn ac yn eu cludo'n ofalus adref i'w cadw at y gaeaf, y dywedodd wrth y llanc am ddychwelyd i'r gwersyll gyda'r newyddion am helfa lwyddiannus. Gallai hefyd gychwyn y paratoadau am y wledd i'w croesawu gartref.

"Adre, Cwmwl Gwyn!" sibrydodd wrth ei farch. "Byddwn ni gartre ymhen yr awr."

Gweryrodd y march, ac ysgwyd ei ben. Gweryrodd drachefn a gwyddai Chico fod rhywbeth o'i le.

"Who! Boi. Who!"

Chododd o mo'i lais ond arafodd y ceffyl. Roedd Chico wedi arfer ymddiried yng ngreddfau Cwmwl Gwyn. Arhosodd a gwrandawodd. Roedd pobman yn dawel. Stampiodd Cwmwl Gwyn ei droed yn ddiamynedd. Safodd y llanc ar ei gefn ac edrych o'i gwmpas. Doedd dim i'w weld. Gweryrodd Cwmwl Gwyn drachefn a chododd ei ben i'r awyr.

Yn sydyn, clywodd Chico yntau'r arogl. Roedd y gwynt yn

dod o'r dwyrain. Suddodd ei galon.

"Na!" llefodd. "Na!"

Gollyngodd ei hun yn ôl ar gefn Cwmwl Gwyn a dechrau carlamu tua'r pentref. Roedd yr arogl yn cryfhau fel y dynesai. Arogl anhyfryd cyrff yn pydru yn yr haul, a hen dân yn mudlosgi.

Pan gyrhaeddodd y tro yn yr afon ni allai gredu'i lygaid. Doedd dim o'r pentref ar ôl. Roedd y pebyll un ac oll wedi'u llosgi a'u sarnu ac roedd cyrff yn llanast dros y lle.

"Haul y Bore!" gwaeddodd.

Yna clywodd y gân. Rhewodd.

"Wi-ca-hea-la kin he-ya pe lo ma-ka kin le-ce-la te-han yun-ke-lo e-ha pe-lo e-han-ke-don wi-ca ya-ka pe-lo."

Ar ei phennau gliniau yn edrych yn syth tuag ato roedd Quanah. Cymhellodd Chico Cwmwl Gwyn i nesáu ati.

"Quanah?" gwaeddodd "Ti sydd yna?"

Er ei bod wedi'i glywed, dal i ganu roedd yr hen wraig. Roedd ei llais yn llawn emosiwn, a chan nad atebodd hi gwyddai Chico'n syth pam roedd hi'n dal i ganu. Roedd ganddi newyddion drwg iddo. Disgynnodd oddi ar ei geffyl. Doedd o ddim am darfu ar y gân. Gwyddai i beidio â gwneud hynny.

Cododd yr hen wraig ei phen i'r awyr ac ailganodd. Clywodd Chico eto'r gân am ei gyn-deidiau, y cyn-deidiau a ganai mai'r ddaear yn unig a ddioddefai'n dawel ac a oroesai. "Clyw'r gwirionedd, clyw'r gwirionedd sy'n y geiriau," canai'r hen wraig. "Anwyliaid ânt yn ôl i'r pridd."

"Wi-ca-hea-la kin he-ya pe lo ma-ka kin le-ce-la te-han yun-ke-lo e-ha pe-lo e-han-ke-don wi-ca ya-ka pe-lo."

Pan orffennodd ei chân, llanwodd llygaid Quanah. Gwrthodai edrych ar y bachgen, ond roedd yn rhaid iddi ddweud ei stori. Rhaid oedd iddi gofio pob manylyn. Rhaid oedd iddi fod yn eirwir. Ei dyletswydd oedd dweud wrtho am ei fab a'i wraig. Daeth Chico i sefyll o'i blaen ac estynnodd ei ddwy law ati.

"Bydd ddewr, Quanah!"

A'i gwefusau'n crynu, gafaelodd yr hen wraig yn ei ddwylo, ac edrych i fyw ei lygaid.

"Chico! Gwyddost i mi fod yn dyst i erchyllterau … mi fûm yn eu hadrodd a'u hailadrodd wrthych chi … ond heddiw … Chico annwyl, heddiw …"

Ailddechreuodd y gân.

"Wi-ca-hea-la kin he-ya …"

Rhywsut, roedd canu'r gân yn rhoi nerth iddi gario 'mlaen â'i stori. Yn sydyn, peidiodd y gân a chaledodd y llais.

"Heddiw mi welais lofruddio Chiquito … dy fab saith niwrnod oed … mi welais un o filwyr y Cotiau Glas yn ei ddiberfeddu … yn torri'i ben a'i chwifio fry ar flaen ei gyllell hir."

Troes yr hen wraig ei hwyneb ymaith.

"Mi welais ei fam yn ceisio gwthio cyllell i wddf ei lofrudd ac mi welais ei threisio hithau … a digwyddodd hyn oll o dan goeden Chiquito, o dan goeden geni dy fab."

Troes Quanah yn ôl at Chico. Gallai weld y dagrau gloywon ar ei fochau.

"Haul y Bore?" holodd yntau. "Ble mae Haul y Bore?"

"Fe aeth i'r coed. Dihangodd i'r coed …"

"A'r llofrudd? Sut un oedd y llofrudd, Quanah?"

"Gwallt coch a blew coch hyd ei wyneb. Dannedd budron. Cnöwr baco." Gwnaeth ystum â'i fys dan ei llygad. "Craith wen o dan ei lygad chwith."

Nodiodd Chico arni.

"Bu'n dda i mi dy gael yn dyst, Quanah. Fe adroddi hyn wrth Geronimo? Fe roddi di enw Chiquito ar wefusau pawb a ddaw'n ôl?"

Nodiodd yr hen wraig.

"Fe fyddan nhw yma 'mhen deuddydd, efallai dri."

Bu eiliadau o ddistawrwydd. Roedd Quanah yn ymwybodol fod Chico'n dal wrth ei hochr. Cododd ei golygon.

"Y goeden," sibrydodd Chico'n floesg. "Ble mae coeden Chiquito?"

"Dilyn fi."

* * *

Roedd Haul y Bore yn dal i redeg drwy'r coed. Roedd hi wedi bod yn rhedeg am y rhan fwyaf o'r dydd ond yr unig beth a wibiai trwy'i meddwl oedd darluniau erchyll y diwrnod cynt. Roedd Chiquito wedi marw.

"Marw."

Ailadroddodd y gair yn uchel wrthi hi'i hun. Roedd marw am byth. Welai hi mohono eto. Châi hi ddim ei gyflwyno i'w dad. Roedd o wedi marw oherwydd y dyn gwyn a'i drais. Roedd hi'n cofio wyneb y trais hefyd. Roedd pob manylyn o'r wyneb hwnnw wedi'i serio ar ei chof. Y llygaid creulon, y dannedd brown, y blew coch a'r graith wen o dan ei lygad chwith. Ei gyllell hir ... Ysbonciodd y dagrau i'w llygaid a syrthiodd yn swp a'r lawr.

Bu'n gorwedd yno am rai munudau cyn dod ati hi'i hun. Gwyddai fod yn rhaid iddi ddal i redeg. Cododd ar ei phedwar a chodi'i phen. Sŵn dŵr! Rhaid fod y Rio Grande gerllaw. Cododd a cherdded tuag at sŵn y llif. Yna fe'i gwelodd. Dŵr gloyw, glân! Rhuthrodd tuag ato a thaflu ei hun i'w ganol. Gwthiodd ei phen o dan y dŵr a gadael i'w oerni gau'n dynn am ei chorff chwyslyd. Cododd ei phen a rhwyfo'r dŵr i'w cheg.

Gwyddai fodd bynnag na thalai iddi aros yma'n rhy hir. Rhaid oedd iddi ddal i redeg. Dyna un peth y gwyddai sut i'w wneud. Gallai redeg fel ei thad a'i brodyr. Rhedeg fel yr ewig a'r hydd. Gêm oedd rhedeg iddyn nhw'n blant. 'Rhedeg rhag y dyn gwyn' oedden nhw'n galw'r gêm, ac ar ddiwrnod da gallai Haul y Bore redeg hyd at ddeugain milltir.

Edrychodd ar yr haul. Gallai'n awr ddilyn yr afon i'r gogledd am ryw awr, yna gwyro i'r gorllewin. Pe bai'n cael gafael ar geffyl fe fyddai'n ôl yng Ngheunant de Chelley ymhen ychydig ddyddiau, ond y peth pwysicaf rŵan oedd dianc o afael y Cotiau Glas.

Dilynodd yr afon gan gadw'n agos at y coed. Yna llamodd ei chalon. O'i blaen gwelai'r afon yn culhau ac o boptu iddi olion carnau ceffylau ac olwynion wageni a oedd wedi rhydio'r afon yn y fan yma. Roedd hi wedi cyrraedd y ffordd a arweiniai at Santa Fe. Gallai'n awr droi tua'r gorllewin ac am adref.

Arafodd ei cham. Ymhen awr neu ddwy eto, gallai guddio a gorffwys tan y bore. Dilynodd y ffordd am rai milltiroedd cyn gadael y coed o'i hôl. Cerddai'n hamddenol braf. Ymestynnai gwlad eang o'i blaen, peth ohoni'n dir ffrwythlon a choediog, ond roedd y ffordd yn arwain trwy anialdir caregog a chreigiog. Yn y pellter gallai weld Mynyddoedd y Chusca. Gwenodd a daeth sbonc yn ôl i'w cham. Yno roedd Ceunant de Chelley, Manuelito, Juanita, lloches a diogelwch.

Troes yn ei hôl yn sydyn. Roedd wedi clywed sŵn carnau ceffylau. Roedd yna bedwar neu bump o geffylau yn ei dilyn. Dechreuodd redeg. Diawliodd ei hun am grwydro mor bell o gysgod y coed tra oedd yr haul yn uchel yn y nen. Rhedodd yn syth at y clwmp agosaf o goed oedd tua hanner milltir draw. Roedd hi'n gwybod bod y ceffylau yn ei dilyn oherwydd clywai lais yn gweiddi a sŵn carlamu'r ceffylau'n dod yn nes.

Gwyddai yn ei chalon na fyddai byth yn cyrraedd y coed. Roedd rhywun yn gweiddi. Roedd y ceffylau ar ei gwarthaf. Baglodd a syrthio ar ei hwyneb. Sgrechiodd.

"Chiquito! Chiquito!"

Yna, roedd twrf o'i hamgylch. Ceffylau aflonydd. Coesau ceffylau, carnau ceffylau. Suddodd ei chalon. Daeth pâr o esgidiau lledr, gloyw i'r golwg. Esgidiau yn perthyn i un o filwyr y Cotiau Glas.

Pennod Dau

Gyda machlud yr haul, cerddodd Chico at goeden Chiquito ac yn ei freichiau y pethau y bu'n eu casglu ers awr a mwy.

Taenodd ddarn llathen sgwâr o faint o groen byffalo gerllaw corff ei fab. O'i ysgrepan, cymerodd ddarnau o garrai ledr, ac o'i felt ei gyllell hela. Yn araf ac yn ofalus gosododd gorff Chiquito ar y croen byffalo. Â'i gyllell torrodd dyllau ar hyd ochrau'r croen, ac yna lapiodd gorff y baban ynddo cyn ei gau a'i glymu â'r garrai. Cododd ef i'w freichiau a cherdded at y goeden.

O gangen i gangen dechreuodd ddringo. Dringodd mor uchel ag y gallai ac yna, pan welodd fforch ddeiliog, gosododd y corff a'r amdo arni. Â darnau o garrai eto clymodd y corff yn sownd i'r brigau cyn disgyn yn ôl i'r ddaear.

Cerddodd at lannau'r afon a chamu i'r dŵr. Gyda'i gyllell dechreuodd hacio'r dorlan briddllyd o dan lefel y dŵr. Pan welodd glai gwyrddfrown ar lafn ei gyllell, arhosodd. Plannodd y gyllell yn y dorlan a dechrau crafu â'i fysedd. O'r diwedd, pan oedd ganddo ddyrnaid iawn o'r clai, cerddodd i ganol yr afon. Diosgodd ei siyrcyn a gadael iddo fynd i ganlyn y llif. Yn araf dechreuodd rwbio'r clai i groen hanner uchaf ei gorff. Â phatrymau o linellau a chylchoedd cuddiodd ei frest a'i freichiau. Yn olaf taenodd ddwy linell o glai ar hyd ei fochau ac ar ei dalcen. Golchodd ei ddwylo cyn mynd yn ôl i'r lan.

Gafaelodd yn ei gyllell a cherdded at goeden Chiquito.

O amgylch boncyff honno dechreuodd ei ddawns ryfel. Adroddodd wrth Usen yr oll a ddigwyddodd. Soniodd am ei fab bychan diamddiffyn yn cael ei lofruddio; am ei wraig yn cael ei threisio; am ei deulu a'i gydnabod yn cael eu lladd mewn gwaed oer. Nid mewn rhyfel cyfiawn, ond mewn gwaed oer. Roedd yntau'n gofyn, nid mewn dicter a'i waed yn berwi ond mewn gwaed oer, roedd o'n gofyn i Usen fod gydag ef wrth iddo ddial.

Yna estynnodd ei gyllell i'w law dde, a dal ei law chwith tuag at gorff ei fab.

"Yr wyf i, Chico, yn addo i ti, Chiquito, cyn i'r gwaed hwn geulo, a chyn i'r clwyf droi'n graith, y bydd dial Usen a minnau wedi codi braw ym mronnau milwyr y Cyllyll Hirion. Bydd dy enw di, Chiquito, yn plannu dychryn ac ofn ym mynwes y cachgwn a fu yma."

Gyda hynny, torrodd groen cledr ei law nes roedd y gwaed yn llifo. Rhoddodd ei geg ar y clwyf a blasu ei waed ei hun. Yna estynnodd fys a chodi'r gwaed i'w wyneb. Lluniodd chwe llinell o waed ar ei dalcen a'i fochau. Aeth at foncyff y goeden a'i gusanu.

Chwibanodd ar Gwmwl Gwyn a daeth hwnnw ato'n ufudd.

Doedd o ddim eto wedi meddwl yn iawn sut i ddial, ond roedd ei holl gyneddfau ar waith. Beth fyddai Geronimo yn ei wneud? Peidio â gwylltio na brysio fyddai ei gyngor cyntaf bob amser. Aros a meddwl. Mae'r doeth wastad yn dewis ei amser. Mae'n iawn i'r gwaed ferwi ond rhaid taro mewn gwaed oer.

Roedd y daith yn ôl i Ffort Defiance yn ormod i'r Cyllyll Hirion ei chwblhau mewn un dydd, felly fe fydden nhw wedi codi gwersyll rywle ar y Rio Grande heno. Ond yn gyntaf fe fyddai'n rhaid iddo fo, Chico, fynd i'r ogof arfau. Tybed a oedd y milwyr wedi ffeindio honno? Go brin.

Yn araf a gofalus aeth at yr ogof. Doedd dim ôl bod neb

wedi bod yno. Yma roedd yr Apache yn storio'u bwyd at y gaeaf ac yn cuddio'u harfau. Yn sydyn, cofiodd y stori am Barboncito'r Navaho yn creu hafog mewn gwersyll o filwyr Mecsicanaidd ... Gwenodd. Estynnodd gasgen o'r powdwr du a llond cawell lledr o flaenau saethau llym.

* * *

Cododd Dicks oddi ar ei gwrcwd a mynd i weld fod y pedwar milwr oedd yn gwarchod y gwersyll yn eu lle priodol. Roedd miri lond y lle, a'r dychryn a'r sioc a fuasai ar wynebau'r ricriwts ifanc wedi diflannu. Roedd y wisgi'n gwneud ei waith yn ardderchog. Aeth draw at y sgowtiaid – pedwar Arapaho hanner brid. Doedden nhw ddim wedi cael canlyn y milwyr i'r frwydr. Roedd eu gwaith nhw wedi gorffen pan ddarganfuwyd gwersyll yr Apache. Heno, fodd bynnag, roedd Dicks wedi'u gosod nhw rhwng gwersyll y milwyr a'r afon. Pe deuai ymosodiad, oddi yno y dôi, ac roedd clustiau'r Arapahos yn feinach na chlustiau'r dyn gwyn. Edrychodd Dicks eto tuag at y milwyr oedd rownd y tân.

Rhoddai ychydig bach o amser iddyn nhw eto cyn eu hannerch. Roedd hi wastad yn haws codi stêm wrth annerch milwyr meddw. Yn enwedig pan oedd y rheini wedi cael awr neu fwy i adrodd straeon am eu gwrhydri ac am y nifer o Indiaid a laddwyd ganddyn nhw'n bersonol.

Beth oedd yn bwysig oedd i bawb gael yr un stori. Yr unig beth pwysig iddyn nhw gofio oedd bod ugain neu fwy o Indiaid ifanc, ffyrnig yn ymladd. Byddai hynny'n cyfiawnhau lladd pawb yn y gwersyll, ac fe gâi yntau ei longyfarch am ladd pedwar ugain neu fwy o Indiaid a cholli ond dau o'i filwyr ei hun. Dychwelodd at y tân. Yn sydyn cododd ei ben ac edrych tua'r afon.

Rhywle y tu hwnt i'r afon clywai flaidd yn udo ac aeth ias

drwyddo. Roedd cnud ohonynt wrthi. Rhaid eu bod wedi arogli presenoldeb neu glywed sŵn y milwyr. Troes yn ei ôl at y tân.

Roedd y lleisiau croch yn codi'n uwch – cryn hanner cant ohonyn nhw erbyn hyn.

"Capten Dicks!"

Roedd un o'r hogiau yn galw arno. Edrychodd yn fanwl. Un o'r ricriwts newydd oedd hwn. Hogyn main, newydd adael ei glytiau.

"Be?"

"Beth am ddweud hanes y ferch yn y coed!"

Bu bron i Dicks â ffrwydro. Fyddai'r cythraul bach ddim wedi meiddio gofyn iddo pe bai'n sobr. Yr unig flotyn du ar ei ddiwrnod oedd fod y ferch wedi'i glwyfo'n o ddrwg ac wedi llwyddo i ddianc. Ond efallai y dylai yntau gymryd cwestiwn y milwr fel cyfle i ddechrau siarad, a throi'r hwyl i'w fantais ei hun.

Cododd ei law a'i gosod ar gefn ei ben; yna symudodd hi'n araf at y clwyf ar ei wddf, a chan droi at y milwr dywedodd, "Awtsh! Y bitsh!"

Digwyddodd yr union beth a ddisgwyliai. Dechreuodd y dynion chwerthin. Aeth y milwr main yn fwy hy.

"Chiquito!" sgrechiodd mewn llais benywaidd.

Erbyn hyn roedd y rhan fwyaf o'r criw yn eu dyblau a Dicks yn ymuno yn yr hwyl. Tynnodd ei gledd, a gwthiodd ei flaen i gap un o'r milwyr. Chwifiodd ef uwch ei ben.

"Chiquito!" hanner dawnsiodd at y tân. Roedd y milwyr wrth eu boddau.

A dyna pryd y clywodd pob un ohonynt y sgrech. Roedd hi'n sgrech annaearol, arallfydol, i godi arswyd ar unrhyw un. Fferrodd pawb ond Dicks. Roedd o eisoes wedi clywed sŵn carnau ceffyl ac yn taflu'i hun i'r naill ochr.

"Gynnau!" gwaeddodd ar ei ddynion o'i safle ar y llawr. Ond

roedd y milwyr wedi'u parlysu. Edrychai pob un i gyfeiriad y coed.

Yn carlamu tuag atynt ar farch gwyn roedd Indiad. Roedd o'n chwifio rhaff uwch ei ben ac ynghlwm wrth honno roedd casgen fechan. Yn y gasgen roedd hanner can paladr dur wedi'u pacio'n dynn mewn powdwr du.

Sgrechiodd drachefn. Yn dilyn ei sgrech, roedd o'n gweiddi eto.

"Chiquito!"

"Saethwch ei geffyl!"

Ond doedd neb yn gwrando ar Dicks. Roedd pawb wedi eu syfrdanu bod un Indiad yn ddigon ffôl i reidio yn syth amdanyn nhw! Beth ar wyneb daear allai un Indiad ei wneud? Taniodd un o'r gwarchodwyr ei reiffl, ond methodd ei ergyd.

Yna, roedd y ceffyl gwyn a'i farchog ar eu gwarthaf. Gydag un "Chiquito!" arall, hyrddiodd Chico'r gasgen i'r tân. Carlamodd drwy'r milwyr ac yna, goleuodd y nos. Taniodd y powdwr, a ffrwydrodd y gasgen. Mewn eiliadau roedd sgrechiadau'r milwyr yn rhwygo'r nos wrth i fidogau dur dorri a malurio cnawd, tynnu gwaed a chwalu esgyrn. Roedd dwsinau yn gorwedd ar lawr wedi'u clwyfo ac eraill, wedi'u byddaru gan y ffrwydrad, yn gwasgu'u dwylo i'w clustiau a'u pennau.

Erbyn hyn roedd Dicks wedi tynnu'i bistol. Gwelsai'r Indiad yn disgyn yn y ffrwydrad ond rŵan roedd o'n ceisio crafangu'n ôl ar gefn ei geffyl. Caeodd Dicks un llygad ac anelodd. Taniodd un ergyd a disgynnodd Cwmwl Gwyn. Mewn chwinciad roedd dau filwr wedi disgyn ar ben Chico ac yn ei ddal yn gaeth.

"Clymwch o! A dau ohonoch chi i'w warchod. Fe ddeliwn ni â fo yn y munud!" cyfarthodd ar y milwyr. Yna troes yn ei ôl at y tân. Rhegodd. Doedd yna ddim tân. Dim ond twll anferth yn y ddaear a chyrff a gwaed yn llanast dros y lle.

* * *

Pan welodd Haul y Bore'r esgidiau lledr, anobeithiodd yn llwyr a gwthiodd ei phen i'r ddaear.

"Na!" llefodd. "Na! Na! Na!"

"Haul y Bore?"

Roedd breichiau yn estyn amdani. Y llais yna! Roedd hi'n adnabod y llais. Roedd hi wedi clywed y llais o'r blaen. Gannoedd o weithiau o'r blaen. Yn ceryddu, yn canmol, yn cymell ac yn cydymdeimlo. Agorodd ei llygaid a chodi'i phen. Roedd rhywun yn penlinio wrth ei hymyl. Roedd pâr o ddwylo cryfion wedi gafael ynddi ac yn ei chodi fel baban. Llanwodd ei llygaid.

"Haul y Bore?" meddai'r llais drachefn.

Yna, agorodd y llifddorau a dechreuodd Haul y Bore wylo.

"Manuelito!" llefodd. "Manuelito!" A syrthiodd fel cadach ar fynwes ei thad. Agorodd ei cheg, ond fedrai hi ddweud dim. Ceisiodd drachefn, ond doedd dim geiriau'n dod allan. Fedrai hi wneud dim ond nadu ac wylo'i rhyddhad.

Amneidiodd Manuelito ar Herrero Grande. Rhoddodd Haul y Bore yn ei ofal cyn neidio ar ei geffyl.

"Estyn hi yma, Herrero! Mi awn ni dan y coed i orffwyso am ychydig iddi gael dod ati hi'i hun."

Cymerodd ei ferch yn ei gôl fel baban, a chymhellodd ei geffyl tua'r coed ar lan yr afon. Doedd o ddim yn siŵr a oedd Haul y Bore wedi cael niwed ai peidio. Roedd olion gwaed ffres ar hyd ei choesau a'i breichiau.

Pwy bynnag oedd Haul y Bore yn ffoi rhagddo, gwell fyddai iddynt symud i ddiogelwch y coed rhag ofn bod y perygl yn agos.

Wedi cyrraedd glan yr afon, taenodd Manuelito groen byffalo ar y llawr a rhoddodd Haul y Bore i orwedd arno. Roedd hi'n dal i fudr-wylo, ond roedd y gwaethaf drosodd. Estynnodd y flanced oddi ar gefn ei geffyl ac wedi ei rhoi drosti aeth â chostrel i'r afon i nôl dŵr glân.

Pan ddychwelodd roedd Haul y Bore yn eistedd ar y croen gyda'r flanced yn dynn amdani. Roedd hi'n crynu fel ebol newydd-anedig. Estynnodd lymaid iddi, a llyncodd hithau'n awchus. Tywalltodd Manuelito ddŵr ar gadach ac estynnodd ei law i dynnu'r flanced oddi ar ysgwyddau Haul y Bore. Am eiliad gwasgodd hithau'r flanced yn dynnach amdani hi'i hun. Agorodd y llygaid mewn ofn a dychryn. Daeth braich ei thad am ei hysgwyddau a'r cadach gwlyb at ei thalcen i ddechrau golchi'r pridd a'r baw a'r chwys.

"Mae'n olreit! Ti'n saff! Y fi, Manuelito, sydd yma." Roedd y llais yn dyner a chysurlon. "Rhaid i mi weld a wyt ti wedi brifo."

Yn araf ildiodd hithau. Gollyngodd y flanced a gorweddodd yn ôl. Roedd ei thad yn dal i siarad â hi wrth olchi'i chorff.

"Oes rhywle'n brifo? Oes gen ti boen?"

Atebodd hi ddim, dim ond gorwedd yno'n llipa lonydd. Gallai Manuelito weld ei bod yn gleisiau byw. Golchodd ei gwddf, ei hysgwyddau a'i bronnau, a phan dynnodd ei sgert fe welodd gnawd llipa'i stumog a'r llanast oedd ar ei chluniau a brig ei choesau. Nid olion genedigaeth yn unig oedd yno.

" 'Merch annwyl i!" llefodd. "Fe gest blentyn? Fe gest hefyd ddolur!"

Yn araf, cododd hi yn ei freichiau a'i chario at yr afon. Penliniodd yn y dŵr a rhoddodd Haul y Bore i orwedd ynddo nes gorchuddio'i chorff. Yn araf bach, fesul tipyn, golchodd ei chorff yn drwyadl, cyn ei chario'n ôl i'r lan a'i gosod i orwedd ar y croen byffalo. Rhoddodd y flanced drosti. Edrychodd yn ei hwyneb, rhoi ei law ar ei thalcen a gwenu.

"Cysga di, 'mach i, fe fyddi di'n well ar ôl cysgu."

Ond ddywedodd Haul y Bore ddim byd. Dim ond edrych yn syth o'i blaen. Rhythu i unman.

Roedd Herrero wrthi'n paratoi bwyd pan ddaeth Manuelito ato.

"Ydi hi'n ddrwg?"

"Mae rhywun wedi ymosod arni. Mae rhywbeth hefyd wedi digwydd i'r plentyn."

"Wyt ti am i ni chwilio?"

Ysgydwodd Manuelito'i ben ac edrych tua'r nen.

"Mae yna rai oriau o olau haul eto, efallai y byddai'n well i chi ddychwelyd i Geunant de Chelley – mi ddof i a Haul y Bore wrth ein pwysau. Mae'n well iddi orffwys rŵan."

Bu Manuelito'n eistedd wrth ymyl Haul y Bore am gryn awr cyn iddo glywed sŵn ceffylau. Estynnodd yn syth am ei reiffl, ac edrych trwy'r coed. Roedd Herrero a'r gweddill yn dychwelyd atynt. Ond roedd rhywun arall gyda nhw. Hen wraig.

Pan gyraeddasant, disgynnodd y pennaeth oddi ar ei geffyl. Cynorthwyodd yr hen wraig i wneud hynny hefyd a chamodd y ddau at Manuelito.

"Manuelito, dyma Quanah. Mae ganddi stori i'w hadrodd ..."

*   *   *

Ymhen rhyw hanner awr fe ddaeth yn amlwg fod cyrch Chico wedi creu hafog. Roedd pymtheg o'r milwyr wedi marw a deuddeg arall wedi'u clwyfo'n ddrwg. Roedd gan amryw o'r lleill fân anafiadau. Roedd Dicks yn gandryll. Sut ar wyneb daear roedd o'n mynd i egluro hyn i Carleton? Roedd un peth yn sicr; byddai'r Indiad yna'n cael ei haeddiant. Wedi tendio'r cleifion, galwodd ar y gwarchodwyr i ddod â Chico ato. Daethant at Dicks. Roedd yr Indiad wedi'i glymu â rhaff – a'i ddwylo y tu blaen iddo.

Casglodd pawb o'i amgylch. Roedd amryw o'r dynion yn ei fygwth a'i gernodio.

"Crogwch o, syr!"

"Fe feddyliwn ni am rywbeth arall i'r basdad coch yma." Edrychodd Dicks i fyw llygaid Chico.

"Pwy wyt ti?"

Roedd y llygaid a syllai'n ôl arno'n oer, yn ddideimlad, ac yn gwbl lonydd. Udodd y bleiddiaid eto, ac aeth ias arall drwy gorff Dicks.

Galwodd ar y sgowtiaid. Daeth y rheini at y cylch o filwyr ac wynebu Chico. Dechreuodd Dicks eto.

"Ydych chi'n adnabod hwn?"

Ysgydwodd y pedwar eu pennau.

"Gofynnwch iddo fo pwy ydi o."

Camodd un o'r Arapahos yn ei flaen ac edrychodd ar Chico, ac mewn iaith sathredig, gofynnodd iddo ei enw. Gwenodd Chico arno, ac atebodd yn iaith yr Arapaho.

"Rydych chi'ch pedwar heddiw wedi pechu yn erbyn Usen!"

"Beth mae o'n ei ddweud?" Roedd Dicks yn ddiamynedd, a gwyddai'r sgowt hynny. Ond roedd geiriau Chico'n cyfrif mwy.

"Sut hynny?"

"Ar fy llaw y mae clwyf dial Usen, ar fy nhalcen y mae gwaed f'addewid."

Trodd Chico ei arddwrn a dangosodd i'r sgowt y clwyf a'r gwaed wedi ceulo oedd ar ei law. Edrychodd hwnnw i lygaid Chico, ac yna ar ei dri chyfaill. Roedd yna rai pethau oedd yn gyffredin i nifer o'r llwythau brodorol a drigai rhwng y Rio Grande a'r Pecos. Aeth Chico ymlaen.

"Yn y paent sydd ar fy wyneb, mae gwaed dial Usen. Daeth milwyr y Cyllyll Hirion i wersyll Geronimo heddiw gan ladd a thorri pen Chiquito, ŵyr saith niwrnod oed Geronimo. Bydd dial Geronimo yn fawr ar y Cyllyll Hirion, a bydd melltith Usen yn canlyn y rhai a'u harweiniodd yno!"

Deallodd Dicks y gair Chiquito a Geronimo. Trodd at y sgowt a gofyn iddo, "Beth mae o'n ei ddweud? Pwy ydi Chiquito? A ble mae Geronimo?"

"Chiquito oedd mab i fab Geronimo. Baban saith niwrnod oed." Edrychodd y sgowt i fyw llygaid Dicks. "Torrwyd ei ben heddiw, a bydd dial Usen yn fawr."

"Usen? Pwy uffar ydi'r Usen yma?"

"Duw'r Indiaid."

"Lol botas!"

Ond roedd y sgowt yn bacio'n ôl. Fe wyddai'n awr mai'r gŵr oedd yn nwylo Dicks oedd Chico, mab Geronimo. Dim ond taid, tad neu frawd fyddai, yn ei alar, yn cymysgu'i waed ei hun â phridd y fam ddaear, a'i daenu hyd ei gorff. Dim ond taid, tad neu frawd fyddai'n wynebu pedwar ugain o filwyr y Cyllyll Hirion mor eofn. Yn sicr, doedd y llanc ddim yn daid, a dim ond un mab oedd gan Geronimo - Chico.

Troes y sgowt at ei gyfeillion ac yn ei iaith ei hun dywedodd, "Rydw i'n gadael."

"Beth sy'n digwydd?" roedd Dicks mewn penbleth. Roedd y sgowt yn cerdded yn araf at yr afon, ac roedd ei dri chyfaill yn ei ddilyn.

"Ble 'dach chi'n mynd?"

Troes y sgowt yn ei ôl. Cododd ei fraich a phwyntiodd dros yr afon.

"Nôl i Fynyddoedd y Chusca ..."

Tynnodd Dicks ei wn.

"Nac ydach chi, myn cythrel i! Y fyddin biau'ch ceffylau chi a'ch arfau chi, a'r fyddin sy wedi rhoi bwyd yn eich boliau chi am yr wythnosau diwethaf yma. Rydw i'n gorchymyn i chi aros yma!"

Ond dal i gerdded at yr afon a wnâi'r pedwar.

"Arhoswch!"

Roedd hi'n amlwg nad oedden nhw am ufuddhau i'w orchymyn. Anelodd Dicks ei wn a saethodd un ohonynt yn ei gefn. Troes y tri arall ac edrych arno mewn anghredinedd. Roedd eu llygaid yn llawn braw.

"Arhoswch! Rydw i'n gorchymyn i chi aros!"

A dyna pryd y rhoes Chico gic i fraich Dicks. Gollyngodd hwnnw ei wn, a gwaeddodd Chico yn iaith yr Arapaho.

"Ewch!"

"Saethwch nhw!" gwaeddodd Dicks gan afael yn ei fraich.

Roedd yr Arapahos yn rhedeg at yr afon. Taniodd amryw o'r milwyr. Sgrechiodd un o'r Indiaid, ond daliai i redeg. Roedd y tri yn diflannu i'r tywyllwch a chawodydd o fwledi yn eu dilyn. Clywodd y milwyr ychwaneg o sgrechian, ac yna sŵn dŵr wrth i gyrff neidio neu ddisgyn i'r afon.

"Ar eu holau nhw!"

Rhedodd sawl un o'r milwyr ar ôl yr Indiaid. Cododd Dicks ei wn a daeth at Chico. Gwthiodd ei wn i geg y llanc a thynnodd forthwyl y pistol yn ôl yn araf â'i fawd. Gwenodd yn greulon ar Chico. Os oedd o'n disgwyl gweld ofn yn y llygaid gleision roedd o'n siomedig.

O'r tu draw i'r afon, daeth udo'r bleiddiaid eto i glustiau Dicks. Cododd ei ben a thynnu'r gwn o geg yr Indiad. Roedd wedi penderfynu sut roedd hwn yn mynd i farw. Yn sydyn, taniodd ddwy ergyd un ar ôl y llall i bennau gliniau Chico. Llithrodd yntau i'r llawr. Gadawodd Dicks ef yno gyda'i warchodwyr, a mynd ar ôl ei ddynion at yr afon.

Roedd dau o'r Arapahos wedi'u lladd a doedd dim golwg o'r ddau arall.

"Maen nhw wedi'u clwyfo yn bendant, syr!"

Bu bron i Dicks â tharo'r milwr, ond o rywle fe gafodd ras i ymatal. Roedd y daith yma wedi troi'n drychineb, a hynny mewn un noson, oherwydd un Indiad. Tynnodd ei law trwy'i farf.

"Rhowch gyrff y ddau yma wrth fôn y goeden acw."

"Fyddwn ni ddim yn eu claddu, syr?"

"Na, fyddwn ni ddim yn eu claddu!"

*　*　*

Ymateb greddfol Manuelito oedd edliw i Herrero Grande yn syth y darn papur yr oedden nhw newydd ei arwyddo gyda'r Cyrnol Canby.

"Fedrwn ni ddim trystio gair y dyn gwyn!"

Roedd llygaid Manuelito'n tanio. Roedd stori iasoer Quanah wedi corddi'i ymysgaroedd.

"Os ydi pawb yn cytuno, fe aiff criw ohonom i godi criw o Navahos ac o'r Apache a mynd i chwilio am filwyr y Cotiau Glas a wnaeth hyn i'm merch ac i'w mab."

"Pwyll! Mae Manuelito'n siarad a'r gwaed yn pwnio'n ei ben, a'i galon yn drom."

"Dyna fydd iaith Geronimo a Cochise hefyd!"

"Fe ddychwelwn i Geunant de Chelley yn gyntaf. Manuelito! Rhaid mynd â Haul y Bore i ddiogelwch. Wedyn, fe gawn ni drafod rhyfel."

*　*　*

Roedd gwaed Dicks yn berwi. Roedd yr Indiad yma wedi difetha cyrch llwyddiannus. Gwyddai y byddai cwestiynau digon anodd yn cael eu gofyn iddo wedi iddo ddychwelyd. Roedd wedi colli cymaint o ddynion o dan law un Apache! Doedd o ddim wedi penderfynu eto beth i'w wneud â Chico, ond gwyddai nad oedd wiw iddo fynd ag o'n ôl fel carcharor. Gallai fod yn ddigon amdano fo, Dicks, pe câi hwn ddweud ei stori. Ei saethu neu ei grogi oedd yr ateb felly. Dyna roedd ei ddynion yn galw amdano. Roedden nhw wedi colli ffrindiau y noson cynt ac roedd dial yn eu gwaed. Rŵan, roedden nhw newydd rwymo deunaw corff yn sownd i'w ceffylau i'w cludo'n ôl i Ffort Defiance.

"Beth wnawn ni â'r Indiad, syr?" gwaeddodd un o'r dynion.

"Crogi'r diawl!" awgrymodd un.

Roedd Dicks wedi bod yn pendroni, a phan glywodd udo'r bleiddiaid unwaith eto cododd ei ben.

"Ddynion! Mae yna nifer fawr ohonoch chi wedi colli cyfeillion oherwydd beth wnaeth hwn neithiwr."

Cododd murmur o gytundeb o blith y milwyr.

"Rŵan yr hyn y dylwn i ei wneud ydi mynd â fo yn ôl i Ffort Defiance i sefyll ei brawf."

"Byth!" gwaeddodd un.

"Mi setlwn ni o rŵan!" gwaeddodd un arall.

Gwenodd Dicks.

"Mae'n rhaid i ni osod esiampl. Esiampl i bob Indiad! Dowch â fo yma!"

Cerddodd Dicks at y goeden lle gorweddai'r ddau Arapaho. Cododd ei olygon at y gangen isaf. Yna, gwaeddodd ar un o'r dynion.

"Estyn raff i mi!"

Taflwyd rhaff iddo. Agorodd hi'n ofalus, a'i throelli uwch ei ben. Anelodd at y gangen isaf. Gwaeddai amryw eu cymeradwyaeth. Credent y byddai Dicks yn crogi'r Indiad. Llusgwyd Chico at fôn y goeden a gosododd y milwyr eu hunain mewn cylch o'i amgylch. Roedd Dicks erbyn hyn wedi rhoi cwlwm rhedeg yn un pen i'r rhaff. Edrychodd ar y milwyr. Rhoddodd dro crwn cyfan cyn dechrau siarad.

"Neithiwr, daeth hwn i'n gwersyll ni, a lladd ein cyfeillion! Fe fydd ei saethu'n rhy hawdd! Fe fydd ei grogi'n rhy hawdd!"

Gwnaeth arwydd ar ei ddynion i ddod â Chico ato. Hanner

llusgwyd hwnnw ato a'i daflu wrth draed Dicks. Clymodd yntau'r ddolen am ei ddwy droed a'i thynnu'n dynn.

"Codwch o, hogiau!"

Gafaelodd amryw yn y rhaff a chodi Chico gerfydd ei draed.

"Digon!" gwaeddodd Dicks, pan oedd pen Chico ryw lathen o'r ddaear. "Rŵan, clymwch y rhaff yn sownd yn y goeden."

Wedi iddyn nhw wneud hynny estynnodd Dicks ei gyllell.

"Mae hwn yn mynd i farw'n araf, hogiau! Fe gaiff o oriau i bendroni dros yr hyn a wnaeth o. Glywsoch chi'r bleiddiaid yna'n udo gynnau fach? Wel, maen nhw wedi dechrau arogli cyrff ein ffrindiau! A phan reidiwn ni oddi yma, fe ddôn' nhw draw'n ara bach. Dilyn eu trwynau ... a beth ffeindian nhw? Pryd bach parod yn gorwedd yn fan'na ..." Pwyntiodd at yr Arapahos. "Ac yn hongian yn fan'ma, fe fydd yna bryd ffres iddyn nhw!"

Plygodd ar un pen-glin a gafaelodd yng ngwallt Chico. Cododd ei ben yn sydyn a daliodd ei gyllell ger ceg yr Indiad.

"Mi ddysga i i ti beth ydi diodde'r diawl bach, a gobeithio y daw rhai o dy ffrindiau di heibio i weld beth fydd wedi digwydd i ti."

Gyda hynny, rhoddodd flaen ei gyllell yng ngheg Chico a chydag un symudiad sydyn, rhwygodd ei dafod â'i gyllell nes roedd gwaed yn ysboncio o'i geg.

Cododd gwaedd o foddhad o blith y milwyr. Ni ddaeth yr un sŵn o geg Chico, dim ond llif cyson o waed.

"Mi awn ni," meddai Dicks. "Gadewch i'r bleiddiaid gael llonydd i fwyta!"

Sychodd ei gyllell yn ei lodrau cyn ei chadw. Yna cerddodd at ei geffyl i arwain ei ddynion yn ôl i'r Ffort.

PENNOD TRI

"CHEI DI DDIM ond tri mis i'w clirio nhw i gyd!"

"Fedrwn ni byth berswadio'r llwyth cyfan i symud mewn cyn lleied o amser!"

Ond i'r Cadfridog Carleton roedd geiriau Kit Carson yn swnio'n ddim ond esgusodion tila.

"Dy waith di fydd hyrwyddo'r perswâd trwy bob dull a modd."

"Sut mae gwneud hynny, syr? Sut medrwch chi berswadio miloedd o bobl i adael eu cartrefi pan fo ganddyn nhw bopeth y maen nhw'i angen o'u hamgylch? Mae ganddyn nhw fwyd yn y tir ac ar y tir. Mae ganddyn nhw loches yng Ngheunant de Chelley, ac yn fwy na hynny, mae ganddyn nhw arweinwyr hen a doeth, a digon o benboethiaid ifanc i godi mewn gwrthryfel."

"Rwyt ti'n siarad hefo dy galon eto, Carson! Defnyddio'i *ben* y mae milwr da!"

"Osgoi trychineb ydi 'mwriad i, syr."

Roedd Carleton yn dechrau colli amynedd efo Carson.

"Mi ddylet ti a minnau fod yma'n trafod sut i symud yr anwariaid yma, nid yn dadlau a ddylid eu symud ai peidio! Mae'r penderfyniad hwnnw wedi'i wneud yn Washington."

Gwyddai Kit Carson fod y Cadfridog Carleton yn dweud y gwir. Ofer oedd iddo geisio'i ddarbwyllo'n wahanol. Ei ddyletswydd o fel milwr oedd ufuddhau i orchymyn uwch-swyddog.

Roedd hi'n ffaith anochel fod newid ar ddod. Waeth iddo

dderbyn hynny ddim. Fel pe bai Carleton yn darllen ei feddwl rhoddodd hwnnw ei law ar ei ysgwydd.

"Fedrwn ni ddim rhwystro datblygiad, Kit! Mae 'na filoedd ar filoedd o setlwyr yn mynd i ddod o'r gogledd a'r dwyrain. Os na symudwn ni'r Indiaid … nage, nid y ni ond y ti, Carson! Os na symudi *di* nhw, fe fydd yna ryfeloedd diddiwedd a phobl ddiniwed yn marw."

Oedd, roedd yr anochel yn dod, ac roedd Kit Carson yn gweld hynny.

"Rydych chi wedi siarad gyda Manuelito, Herrero Grande, a'r *ricos* eraill, syr?"

"Fe wnaeth Canby hynny ychydig ddyddiau yn ôl, ond wyddem ni ddim am y gorchymyn yma yr adeg honno."

"Ydyn nhw wedi arwyddo cytundeb newydd, syr?"

"Ydyn, a rhan o'r cytundeb hwnnw ydi ein bod ninnau'n gadael llonydd iddyn nhw."

"Ga i fynd i siarad â nhw eto, syr – un waith?"

"Mae'n gwbl ddibwrpas …"

"O leia mi allwn i geisio egluro iddyn nhw, syr …"

Edrychodd Carleton yn hir arno. Nid egluro'i hun i'r Indiaid roedd Carson am ei wneud ond ceisio cyfiawnhau ei hun. Gwyddai am ei gyfeillgarwch â'r Indiaid. Gwyddai hefyd am y parch oedd gan y Navahos a'r Apache at y Taflwr Rhaffau. Am y tro, penderfynodd Carleton ildio i Carson. Roedd Washington wedi rhoi tan yr haf iddo glirio dyffryn y Rio Grande. Wedi'r haf, byddid yn dechrau mesur a gwerthu parseli o dir.

"Gei di wythnos gen i. Yr amser yma yr wythnos nesa mi fyddwn ni'n trafod ein strategaeth i symud y Navahos i'r Bosque. Iawn?"

Nodiodd Carson ac aeth yn syth i'r barics i baratoi at ei daith i Geunant de Chelley.

Doedd wythnos ddim yn llawer o amser i gwmpasu'r Navahos a'r Apache – cystal iddo gychwyn. Yn gyntaf roedd am ddiosg ei lifrai a gwisgo'i ddillad ei hun. Doedd o ddim yn siŵr iawn pam. Ond fe wyddai un peth. Roedd yn rhaid iddo gychwyn am Geunant de Chelley yn o handi.

* * *

Roedd Chico'n teimlo'r bywyd yn araf ddiferu ohono. Gwyddai ei fod wedi colli llawer o waed a theimlai'n hollol wan. Ceisiodd gadw'n llonydd, ond roedd o eisoes wedi ffroeni'r bleiddiaid, ac wedi'u clywed yn nesáu ato. Doedd dim dwywaith nad arogl y gwaed oedd wedi'u denu. Roedd gwaed yn diferu o'r clwyfau'n ei bennau gliniau, ac o'i geg.

Ceisiodd agor ei lygaid, ond roedd y rheini'n llawn gwaed hefyd. Wedi agor a chau'i lygaid yn ffyrnig am eiliad neu ddwy gallai weld rhai o'r bleiddiaid yn dynesu. Yn araf bach, roedden nhw'n dod. Ffroeni, yna dod ato mewn cylch. Roedden nhw'n arogli'i waed. Yn synhwyro'i angau. Yn dod yn fwy powld. Unrhyw funud … unrhyw eiliad, roedd o'n disgwyl clywed brath y dannedd miniog yn rhwygo cnawd ei wddf. Roedden nhw'n nesáu. A'u cegau'n glafoerio.

Yna'n sydyn, dyna sŵn fel chwip. Syrthiodd un o'r bleiddiaid ar lawr â saeth trwy'i wddf. Neidiodd dau neu dri o'r lleill arno'n syth a'i larpio. Sŵn fel chwip yr eildro, ac roedd ail flaidd yn gwingo'n belen ar lawr â saeth trwy'i wddf yntau. Mewn chwinciad roedd y lleill wedi'i heglu hi.

Welodd Chico mo'i achubwyr. Aeth popeth yn ddu. Ond fe glywodd eiriau tyner yn iaith yr Arapaho wrth iddo gael ei dorri'n rhydd a'i ollwng yn araf o'r goeden.

Pan ddaeth ato'i hun roedd yn gorwedd ger tân poeth, agored a gallai glywed gwres y tân yn cynhesu'i gorff. Roedd pâr o freichiau cryfion yn gafael yn ei ysgwyddau, a llaw arall yn dal ei geg yn agored. Hanner agorodd ei lygaid a gwelodd y dur poeth yn dod at ei geg. Stranciodd, ond i ddim pwrpas.

Disgynnodd y dur eirias ar ei dafod a chlywodd y boen yn saethu trwy'i gorff i gyd wrth i'r dur serio'i gnawd. Llewygodd.

* * *

Roedd yna gyffro mawr wedi lledaenu trwy Geunant de Chelley pan ddaeth Manuelito'n ôl gyda Haul y Bore. Ysgydwai'r merched eu pennau'n drist wrth weld yr olwg oedd arni, ac roedd y dicter yn amlwg yn lleisiau'r llwyth cyfan wedi iddyn nhw glywed stori Quanah.

Mawr fu'r siarad a'r trafod. Roedd geiriau Manuelito'n cyfrif llawer gan mai ei deulu o oedd wedi dioddef fwyaf. Ac roedd o'n siarad iaith dial.

"Fydd y Navahos ddim ar eu pen eu hunain yn y rhyfel hwn. Fe ddaw Geronimo gyda ni – bydd enw Geronimo yn codi dychryn ar y dyn gwyn – a bydd Usen gyda ni. Hyd nes y caiff y Cotiau Glas eu lladd, fydd yna fyth heddwch mwy rhwng y Navahos a'r dyn gwyn!"

"Ymbwylla, Manuelito! Rwyt ti newydd ddychwelyd o fod yn siarad gyda Canby. Rwyt ti'n gwisgo'i esgidiau am dy draed ..."

Camodd Manuelito at ei ferch. Gafaelodd ym mraich Haul y Bore a'i thywys at y tân. Dangosodd hi i'r cylch cyfan. Yna trodd, a chan ddynwared Herrero dywedodd yn goeglyd, "Ymbwylla, Manuelito!" Trodd at y pennaeth. "Herrero. Dyma fy merch. Fy merch a drawyd yn fud gan y Cotiau Glas! Fy merch a dreisiwyd yn ei gwendid! Fy merch y torrwyd pen ei baban yn ei gŵydd! Ac rwyt ti'n dweud 'Ymbwylla Manuelito'!"

Tynnodd esgidiau Canby yn ffyrnig oddi am ei draed a'u taflu nhw i'r tân.

"Mae'r amser i ymbwyllo wedi pasio. Mae'r amser i fod yn feddal wedi pasio. Mae'r amser i rannu wedi pasio. Amser i ryfel ydi hi!"

Cododd murmur o gefnogaeth o blith y dorf. Edrychodd Manuelito ar y lleill yn eu tro.

"Barboncito? Herrero? Delgadito? Armijo? Dynion ydan ni! Mae gwaed coch y Navaho yn llifo yn ein gwythiennau!"

Cyn iddo fynd ymhellach clywsant sŵn carlamu gwyllt a rhuthrodd un o warchodwyr y Ceunant tuag atynt ar ei geffyl.

"Y Taflwr Rhaffau!" gwaeddodd. "Mae'r Taflwr Rhaffau ar ei ffordd."

* * *

Gallai Manuelito weld fod Kit Carson yn crynu gan gynddaredd.

Roedd Carson wedi synhwyro'n syth fod rhywbeth o'i le yng ngwersyll Ceunant de Chelley, pan welodd y llwyth cyfan yn cyfarfod o amgylch tân y pennaeth. Gwyddai ar ei union hefyd mai gwrando, a gwrando'n astud, fyddai ei orchwyl gyntaf. Roedd hi'n arwyddocaol mai Manuelito ac nid Herrero Grande oedd wedi cerdded ato i'w gyfarch.

"Manuelito! Cyfarchion ers sawl dydd!"

"Dydy'r Taflwr Rhaffau ddim wedi dewis diwrnod da i ymweld â'r Navahos!"

"Mae poen yn dy lais ac yn dy lygaid, Manuelito." Edrychodd o'i amgylch. "Mae dy bobl yn rhannu dy boen."

Oedodd cyn ychwanegu, "Mi hoffwn innau rannu dy boen."

Amneidiodd Manuelito arno i ddisgyn oddi ar ei geffyl a dod at y cylch wrth y tân. Yna galwodd ar Quanah.

"Dywed dy stori, Quanah, a dywed hi i gyd!"

Am chwarter awr bu Kit Carson yn gwrando ac yn gwingo. Y Capten Victor Dicks oedd y milwr yr oedd yr hen wraig wedi'i ddisgrifio. Oedd, roedd Carson yn ysgwyd gan gynddaredd pan orffennodd Quanah ei stori.

"Manuelito, rwyt ti a'th gefndryd, yr Apache, wedi dioddef

cam mawr. Ond fel ymhlith y Navahos, mae yna ymhlith y Cotiau Glas ddynion drwg."

"Mae'r Cotiau Glas i gyd yn ddrwg!"

"Rydw i wedi ymuno â'r Cotiau Glas, Manuelito!"

"Mae'r Navahos yn parchu'r Taflwr Rhaffau. Ond pan fydd o mewn Côt Las, gelyn fydd o, nid brawd."

"Mi a' i â'r stori am Chiquito yn ôl i'r Cyrnol Canby ac i'r Cadfridog Carleton. Rydw i'n meddwl fy mod i'n gwybod pwy yw'r dyn a arweiniodd y lladd. Dylai gael ei gosbi ..."

Am unwaith, doedd Carson ddim yn credu'r sicrwydd oedd yn ei eiriau ei hun. Doedd ganddo'n sicr ddim ffydd y gwnâi Carleton ddim byd yn erbyn Dicks, a dyn desg oedd Canby. Dyn desg a chadair esmwyth, heb fod arno eisiau problemau mawr na bach i darfu ar ei fywyd.

"Mae yna sôn am ryfel."

"Na! Manuelito, nid dyna'r ffordd! Fedr Manuelito na'r Navahos na'r Apache fyth ennill."

"Ai dyna pam mae'r Taflwr Rhaffau yma?" Roedd Herrero Grande wedi camu i'r cylch.

Edrychodd Kit Carson ar Herrero Grande a nodio'i ben yn araf.

"Fe ddaw yna ddynion gwyn, nifer fawr o ddynion gwyn. Mwy o rif na rhif y sêr ... yn llawer mwy o rif na rhif y Navahos, yr Apache, yr Arapahos, y Mescaleros, y Sioux ... yn gan gwaith mwy."

"Ac fe fydd y Taflwr Rhaffau yn ymladd ar eu hochor nhw?"

"Rydw i yma i gynnig bywyd newydd i chi, Manuelito! Darn o dir y gallwch chi ei alw'n gartref. Darn o dir na fydd gan y dyn gwyn hawl iddo o gwbl."

"Bosque Redondo?"

"Ie. Ar y Bosque Redondo."

Cerddodd Manuelito ato. Edrychodd i fyw ei lygaid a phoerodd ar lawr ger ei draed.

"Does dim tir ffrwythlon ar y Bosque. Fydd dim cyfle i blannu, i hau, i gynaeafu. Does dim byffalo nac anifeiliaid gwyllt yn rhedeg yn rhydd yno. Mae'r Cotiau Glas wedi torri'r coed gorau i adeiladu Ffort Sumner. Mae'r Taflwr Rhaffau yn ein symud o dir gwyrdd i'n gosod mewn anialwch. Addewidion gwag yw addewidion felly. Does dim haearn yng ngeiriau'r Taflwr Rhaffau."

Er mai siarad yn ei gyfer yr oedd, credai Carson fod Manuelito'n camgymryd. Go brin y byddai'r Llywodraeth wedi dewis rhandir o dir diffaith i symud yr Indiaid iddo. Roedd yn llai o faint o lawer, wrth reswm, ac yn sicr yn llai ffrwythlon na Cheunant de Chelley a dyffryn y Rio Grande. Rhoddodd ei law ar ysgwydd Manuelito.

"Manuelito, fy hen ffrind, does gan y Taflwr Rhaffau ddim cweryl gyda thi na'r Navahos. Does gen i ddim i'w ennill trwy ddweud celwydd. Fûm i erioed ar y Bosque, ond fedra i ddim credu y byddai pennaeth y dyn gwyn yn Washington yn symud miloedd o Indiaid o'u cynefin ac yn eu gosod ynghanol anialwch. Yr unig beth a wn i yw, os na fydd Manuelito a'r Navahos yn symud o Geunant de Chelley, y daw'r Cotiau Glas i'ch symud. Wedi hynny, fydd mynd i'r Bosque ddim mor hawdd – nac mor esmwyth."

"Fydd y Taflwr Rhaffau yn dod i'n symud?"

Nodiodd Carson.

"Ac ymladd yn erbyn ei frodyr?"

Nodiodd Carson eto. Yn arafach y tro hwn.

"Does arna i ddim eisiau gweld y Navahos i gyd yn cael eu lladd, Manuelito. Os nad ewch chi i'r Bosque, dyna sy'n sicr o ddigwydd."

Gafaelodd Manuelito am ysgwyddau Haul y Bore a gwasgodd hi ato.

"Yma, yn y Ceunant hwn y'm ganwyd i, fy nhad a 'nhaid; ei daid o a'i daid yntau. Yma y gwelodd Haul y Bore olau dydd, ac oddi yma yr aeth i gael ei llarpio gan y dyn gwyn. Mae calon Manuelito'n drom o glywed geiriau'r Taflwr Rhaffau. Dydi brawd ddim yn ymladd yn erbyn brawd! Os ydi'r Taflwr Rhaffau yn trefnu i ymladd yn erbyn y Navahos, gwell iddo adael Ceunant de Chelley. Rŵan!"

Edrychodd Carson i gyfeiriad Herrero Grande.

"Ai dyna ddymuniad y pennaeth hefyd?"

Nodiodd Herrero.

"Mae Manuelito newydd siarad ar ran y Navahos."

Gwyddai Carson yn syth ei fod wedi colli'r ddadl. Doedd dim pwrpas siarad ymhellach, ond gwnaeth un ymgais arall.

"Manuelito! Pan fydd eich plant yn sgrechian gan newyn, gwragedd a dynion yn rhynnu yn oerni'r gaeaf – nid dyna'r amser i bobl falch ddod ar ofyn y dyn gwyn. Weithiau rhaid ymddangos yn wan i oroesi. Meddyliwch yn galed am ddod i lawr i'r Ffort cyn y gaeaf. "

"Ddaw yr un Navaho fyth ar ofyn y dyn gwyn! Yma, yng Ngheunant de Chelley y bydd Manuelito byw … neu farw!"

Gyda'r geiriau yna, trodd Manuelito ei gefn ar Carson. Fesul un, trodd y lleill eu cefnau arno hefyd. Hon oedd eu ffordd o ddangos eu dirmyg tuag ato.

Gydag ochenaid, esgynnodd Carson i'w gyfrwy ac yn araf aeth oddi yno. Pan oedd hanner milltir rhyngddo a'r gwersyll, sbardunodd ei farch. Cystal iddo ddychwelyd i'r Ffort mor fuan â phosib, ond fe wyddai un peth i sicrwydd – doedd yr wythnosau a'r misoedd nesaf ddim yn mynd i fod yn rhai hawdd.

* * *

Bu Tanuah a Benito yn gofalu am Chico am wyth niwrnod cyn iddo ddadebru. Roedden nhw wedi ei gario i hen ogofâu'r Arapaho ym Mynyddoedd y Chusca. Yno, roedden nhw wedi golchi a glanhau'r clwyfau ar ei bennau gliniau. Roedd Benito wedi bod yn casglu dail a rhisgl y goeden *jambah*, ac wedi berwi'r cyfan yn un trwyth budr-frown. Tra oedd hwnnw'n boeth roedd wedi ei daenu ar y clwyfau, ac yna wedi rhwymo'r coesau'n dynn â chadachau.

Roedd Benito wedi bod yn hela, ac wedi mynd i chwilio am wersyll y Mescaleros. Pan ddychwelodd, roedd ganddo newyddion cyffrous i Tanuah. Roedd y Cotiau Glas wedi trechu'r Apache mewn brwydr waedlyd ger Ffort Bowie, ac roedd llond gwersyll cyfan o Apache Chiricahua wedi'u llofruddio mewn cyflafan yn Camp Grant. Roedd y Cyrnol Canby yn awr wedi gorchymyn fod pob Apache i ildio o fewn deng niwrnod, ac i fod yn barod i symud i Bosque Redondo. Roedd gan y Cotiau Glas yr hawl i saethu'n farw unrhyw un nad oedd yn ildio.

"Yr Apache i gyd!" Roedd yna anghredinedd yn llais Tanuah. "Does bosib fod Geronimo a Cochise yn derbyn hynny?"

Chwarddodd Benito.

"Mae Geronimo a Cochise wedi dianc. Mae yna griw ohonyn nhw'n byw fel herwyr yn y mynyddoedd yma!"

"Yma? Ym Mynyddoedd y Chusca? Fe fydd yna Gotiau Glas o gwmpas, felly?"

Nodiodd Benito.

Pan ymunodd y pedwar ohonyn nhw â thrŵp Carleton yn Ffort Defiance fel sgowtiaid, doedden nhw erioed wedi breuddwydio y bydden nhw'n cael eu defnyddio i ganfod a lladd eu cefndryd.

Pan fydden nhw'n darganfod gwersyll, fe gaen nhw wedyn eu gorchymyn i ddychwelyd i'r Ffort, neu i sgowtio ddiwrnod neu ddau o flaen y trŵp.

Bu'r ddau'n dawel am ennyd.

"Ydi o'n dangos unrhyw arwydd o ddod ato'i hun?"

Nodiodd Tanuah.

"Mae o wedi colli llawer iawn o waed ond roedd o'n llowcio'i gawl yn awchus yn ei gwsg gynnau!"

"Beth wnawn ni wedyn?" gofynnodd Benito.

"Pan ddaw hwn ato'i hun wyt ti'n 'i feddwl?"

"Ie."

Edrychodd y ddau ar ei gilydd. Tanuah oedd yr arweinydd naturiol, ac roedd Benito, fel y lleill, wedi arfer derbyn ei air a'i arweiniad.

"Mae gwaed Eliuh a Tacao ar ddwylo'r Cotiau Glas ..."

Ac yno y buon nhw'n siarad hyd yr oriau mân. Roedden nhw'n ceisio cynllunio a cheisio penderfynu ar eu cam nesaf ar ôl i Chico ddod ato'i hun. Yn y diwedd, syrthiodd y ddau i gysgu.

Roedd hi'n dywyll. Agorodd Chico'i lygaid led y pen. Ceisiodd weiddi, ond roedd ei geg yn llawn. Llyncodd ei boer. Roedd rhywbeth o'i le. Roedd ei geg yn llawn. Estynnodd fys at ei geg a saethodd poen trwy'i gorff i gyd. Roedd ei dafod yn llenwi'i geg. Roedd hi wedi chwyddo cymaint.

Roedd ei goesau ar dân. Estynnodd ei law eto at ei ben-glin a saethodd 'chwaneg o boen trwyddo. Yna cofiodd. Milwyr y Cotiau Glas. Y tân, y ffrwydrad a'r bleiddiaid.

Yna, roedd rhywun wrth ei ymyl yn ei ymgeleddu. Roedd Tanuah yno'n gafael am ei ysgwyddau ac yn gweiddi, "Benito! Mae o wedi deffro! Golau!"

Ac yng ngolau ffagl Benito y sylweddolodd Chico ei fod ymhlith cyfeillion. Ceisiodd siarad, ond rhyw sŵn rhyfedd yn unig a ddeuai o'i geg. Ceisiodd godi, ond roedd yn rhy wan. Llwyddodd i estyn ei law a'i rhoi ar fraich Tanuah. Gwasgodd.

Edrychodd y ddau Arapaho ar ei gilydd. Roedd Chico newydd ddiolch iddynt.

O hynny 'mlaen, roedd Chico'n cryfhau bob dydd. Roedd bellach wedi dygymod â'i anafiadau, ac er y gwyddai na fyddai'n holliach am amser maith, eisoes roedd ei dafod yn dechrau iacháu a gallai ynganu ychydig eiriau. Ni allai sefyll na rhoi pwysau ar ei goesau, ond doedd dim a ataliai ei feddwl rhag cynllunio gwae a dinistr i'r Cotiau Glas.

Bu Benito a Tanuah allan yn eu tro yn cyfarfod sgowtiaid y Mescaleros a chawsant bytiau o newyddion. Roedd nifer fawr o Gotiau Glas wedi cyrraedd Ffort Wingate a Ffort Defiance. Roedd yr Apache wedi eu casglu ynghyd yn barod i'w cludo i'r Bosque, ac roedd y Taflwr Rhaffau wedi bod yn gweld Herrero yng Ngheunant de Chelley i orchymyn i'r holl Navahos fynd i'r Bosque Redondo.

"Glywaist ti rywbeth am Haul y Bore?"

Ysgydwodd yr Arapaho ei ben.

"Dim."

Un bore, pan ddeffrodd Chico, roedd Benito wedi diflannu. Doedd o ddim wedi meddwl dim am y peth, gan y byddai Benito yn mynd i hela neu i gyfarfod â'r Mescaleros weithiau.

A hithau'n nosi a Benito'n dal heb ddychwelyd, mynegodd Chico'i bryder wrth Tanuah. Gwenodd hwnnw arno.

"Fe ddaw! Yfory, efallai drennydd. Fe ddaw!"

Ac fe ddaeth. Y trydydd dydd oedd hi pan ddychwelodd Benito, ac roedd ganddo newydd i Chico.

Cododd hwnnw ar ei eistedd yn syth pan glywodd ei newydd. Roedd Benito wedi penderfynu mynd i Geunant de Chelley. Roedd wedi gweld Manuelito ac wedi'i hysbysu fod Chico'n fyw ac yn gwella o'i anafiadau wedi iddo fod mewn brwydr yn erbyn y Cotiau Glas. Roedd o hefyd wedi gweld Haul y Bore.

Suddodd Chico'n ôl i'w wely gydag ochenaid o ryddhad. Roedd Haul y Bore'n fyw felly!

Yna daeth Benito ato ac egluro wrtho gyflwr Haul y Bore. Doedd hi ddim yn siarad mwyach. Roedd wedi'i tharo'n fud. Dim ond sgrechian 'Chiquito' roedd hi wedi'i wneud ers i Manuelito a'r penaethiaid eraill ddod ar ei thraws.

Bu Chico'n synfyfyrio am oriau wedi clywed newyddion Benito. Roedd ar dân eisiau gweld Haul y Bore, ond gwyddai fod hynny'n amhosibl. Roedd o hefyd wedi bod yn meddwl am ffyrdd o ddial ar y Cotiau Glas. Fe allai ymuno â'r Apache – Cochise, Geronimo, a'r llanciau eraill. Gallent greu hafog drwy daro a dianc, ond roedd y straeon a ddaeth i'w glyw yn awgrymu fod y Cotiau Glas yn symud i'r tiroedd wrth eu cannoedd a'u miloedd.

Y noson honno yng ngolau'r tân eglurodd ei gynllun wrth y ddau Arapaho. Gwenu a wnaeth y ddau.

"Rhaid i ti gerdded yn gynta!"

"Tyrd ti â cheffyl i mi, Tanuah, ac fe gei di weld pa mor anabl ydw i!"

Ysgydwodd hwnnw'i ben.

"Fe fydd yn rhaid i ti gryfhau cyn mentro yn ôl i'r ogof. Mi a' i neu Benito i gasglu'r arfau o'r ogof. Awn ni hefyd i chwilio am Geronimo. Fe fydd o'n falch o glywed dy fod ti'n dal yn fyw!"

* * *

"Ddaeth yna newyddion?" Roedd yna ddiffyg amynedd yn llais Kit Carson.

Aethai pythefnos heibio, ac er iddo holi'r Cadfridog Carleton bron yn ddyddiol am Dicks, roedd o'n cael y teimlad erbyn hyn fod Carleton yn ceisio osgoi rhoi ateb iddo. Roedd Dicks wedi'i anfon i hebrwng y Mescaleros i Bosque Redondo. Gallai wythnos arall fynd heibio cyn y dychwelai.

Pan ddychwelasai Kit Carson o Geunant de Chelley, roedd wedi mynnu gweld adroddiad Dicks. Gwrthododd Carleton, ond bodlonodd ar ddyfynnu ohono i Carson.

"… yn ddisymwth," darllenodd Carleton, "saethwyd atom o'r coed gan hanner cant o Indiaid. Syrthiodd amryw o'r trŵp, ond wedi i ni ailffurfio, erlidiwyd yr Indiaid yn ôl tua'u gwersyll. Gan ofni fod trap pellach yno, gorchmynnais i'r trŵp saethu bwledi yn uchel trwy'r tipis. Rhuthrodd nifer fawr o Indiaid tuag atom gan ddefnyddio gwragedd a phlant fel tarian. Yn y frwydr erchyll a ddilynodd, bu farw'r rhan fwya o'r Indiaid, a chollasom ninnau ddeg ar hugain o ddynion dewr. Clwyfwyd saith ar hugain arall."

"Mae'r dyn yn gelwyddgi, syr! Fe aeth Dicks â'r trŵp i wersyll cwbl ddiamddiffyn a lladd plant a hen bobl."

"Dy stori di ydi honna!"

"Pam ar wyneb daear ydach chi'n meddwl fod yna ffyrnigrwydd newydd yn perthyn i ymosodiadau'r Indiaid, syr?"

Cododd Carleton ei ysgwyddau.

"Maen nhw'n derbyn nad oes yna ddim fedran nhw'i wneud, debyg! Wedi i Dicks a'r hogiau drechu'r Mescaleros ... cic olaf cyn marw, dyna ydi'r cwffio diweddara 'ma!"

"Mae yna dystion i'r hyn a wnaeth Dicks, syr! Fe blannodd ei gleddyf yn stumog plentyn wythnos oed, a'r plentyn hwnnw'n fab i Chico a Haul y Bore. Mab mabwysiedig Geronimo yw Chico, a hithau'n ferch i Manuelito o'r Navahos."

Roedd Carleton yn dal yn ddidaro.

"Mae pethau fel hyn yn digwydd mewn rhyfel."

"Dydan ni ddim mewn sefyllfa o ryfel, syr! Roeddwn i'n meddwl mai'r gorchymyn oedd perswadio'r Navahos a'r Apache i fynd i'r Bosque?"

"... trwy unrhyw ddull a modd ... rŵan, be 'di'r gydwybod fawr yma sy wedi dod drosot ti?"

"Mae Dicks wedi llofruddio pobl gyffredin, ddiamddiffyn, tra mae e'n gwisgo lifrai'r Undeb, syr. Os oes disgwyl i mi barhau i wisgo a gwasanaethu yn yr un lifrai, rhaid iddo fo wynebu ac ateb y cyhuddiadau."

"Ti'n rhy blydi feddal! Dy waith di ydi clirio'r Navahos oddi yma, nid achwyn ar dy gyd-swyddogion."

"Mae gweithredoedd Dicks wedi gwneud 'y ngwaith i gymaint â hynny'n anos ac fe ddylech chi o bawb sylweddoli hynny, syr."

Roedd Carleton wedi cael llond bol. Cododd ar ei draed a sgwariodd at Carson. Edrychodd yn syth i'w lygaid.

"Rwyt ti wedi cael gorchymyn i glirio Ceunant de Chelley – beth wyt ti wedi ei wneud ynglŷn â'r gorchymyn hwnnw?"

Edrychodd Carson yn hir arno.

"Rydw i wedi bod yn siarad â'r Navahos, syr, ond oherwydd yr hyn a wnaeth y Capten Dicks, maen nhw rŵan yn ystyried fod y cytundeb a wnaed â'r Cadfridog Canby yn gwbl ddiwerth, ac na ellir trystio dim a ddywed y dyn gwyn wrthyn nhw. Yr unig ffordd i'w cael nhw i lawr o'r Ceunant ydi ... eu newynu nhw. A hyd yn oed wedyn, mae 'na rai y buasai'n well ganddyn nhw farw o newyn nac ildio."

"Beth fyddi di'n ei wneud nesa?"

"Dau beth, syr. Yn gynta, ymhen ychydig ddyddiau pan fydd y gwynt o'r cyfeiriad iawn, mi fydda i angen hanner cant o ddynion, a wagen gydag ugain baril o *kerosene* ynddi. Yn ail ..."

Oedodd, gan wybod y byddai Carleton yn ei holi.

"Ie? Yn ail ...?"

"Rydw i am wneud cwyn swyddogol yn erbyn Dicks, syr."

Pennod Pedwar

Bu'r dyddiau canlynol yn rhai cyffrous. Roedd Geronimo a Cochise yn creu hafog ymhell ac yn agos, a'r milwyr yn credu'n gydwybodol fod cannoedd os nad miloedd o Apache yn llochesu yn y mynyddoedd. Roedden nhw'n taro dau neu dri lle beunos, ac yna'n dianc i'r nos. Golygai hyn fod cannoedd o filwyr yn treulio'u hamser yn ceisio'u dal gan ddilyn eu trywydd. Ond doedd y Cotiau Glas ddim cystal tracwyr â'r Indiaid, ac roedd stori Chiquito wedi lledaenu trwy'r llwythau fel tân gwyllt. Yn sydyn, sylweddolodd Canby a Carleton nad oedd ganddyn nhw sgowtiaid o blith yr Indiaid mwyach. Gadawodd pob un o'r Arapahos a fu mor barod i'w cynorthwyo. Roedd ofn dial yr Apache a'r Navahos yn fwy grymus na lliw arian y Cotiau Glas.

Roedd Chico erbyn hyn yn sefyll, ac yn cerdded pedwar neu bum cam ar y tro. Roedd ei goesau'n cryfhau, ond gwyliai Tanuah a Benito nad oedd yn gor-wneud pethau, ac er ei fod ar dân eisiau gweld Haul y Bore, gwyddai nad oedd yn ddigon cryf eto i ddal taith mor bell â'r daith i Geunant de Chelley.

Pan glywodd fod Chico yn dal yn fyw, roedd Geronimo wedi dod i ganlyn Benito, ac wedi dod i'r ogof i'w weld. Bu Chico ac yntau yn siarad yn hir. Roedd Geronimo wedi gwirioni ar ei stori am ddial ar y Cotiau Glas a rhagwelai y byddai ei wrhydri yn dod yn rhan o chwedloniaeth yr Apache. Rhyw ddydd, byddai Chico'n bennaeth!

* * *

Roedd Manuelito'n methu deall Haul y Bore. Roedd o'n gwybod ei bod wedi cael profiadau erchyll ac mai dyna'r rheswm pam ei bod yn methu siarad, ond pan ddaethai Benito yr Arapaho â'r newyddion fod Chico'n fyw, roedd o wedi credu'n siŵr y byddai hynny'n ei symbylu i ddod dros ei anhwylder. Ond nid felly y bu.

"Wyt ti'n deall, Haul y Bore? Mae Chico'n fyw!"

Edrychodd ei ferch arno. Roedd ofn a dagrau yn llenwi'i llygaid. Roedd ei llygaid yn agor ac yn cau, a'r dagrau yn dechrau powlio i lawr ei gruddiau. Am ennyd credai Manuelito mai dagrau o lawenydd oedden nhw, ond roedd yr ofn yna'n dal yn ei llygaid. Roedd hi'n agor ac yn cau'i llygaid fel y llifai ei dagrau. Dechreuodd ysgwyd ei phen yn ôl ac ymlaen. Roedd hi ar fin dweud rhywbeth, ond ni ddeuai gair o'i genau. Rhywsut gwyddai Manuelito mai 'Na! Na! Na!' roedd hi eisiau ei ddweud, ond ni fedrai yn ei fyw ddeall pam na ddeuai'r geiriau dros ei gwefusau.

Gafaelodd ynddi a'i gwasgu i'w fynwes.

"Dyna ti, 'mach i! Dyna ti!"

Roedd Haul y Bore wedi deall ei eiriau, a fedrai hithau ddim dirnad pam na ddywedodd y geiriau. Estynnodd ei breichiau am ei thad a gafaelodd yn dynn ynddo. Claddodd ei hwyneb yn ei fynwes a dechreuodd wylo.

Wrth gwrs ei bod yn falch fod Chico'n fyw, ond roedd ganddi ofn. Ofn ei wynebu. Ofn iddo'i beio hi am fethu amddiffyn ei fab rhag y Cotiau Glas. Roedd ei mab wedi marw a hithau'n fyw. Dylai hithau fod wedi marw yn ceisio'i amddiffyn.

"Tân! Tân!"

Clywodd y cyhyrau yng nghorff ei thad yn cloi wrth i'r waedd ddiasbedain trwy'r gwersyll.

"Tân! Mae'r cynhaeaf ŷd ar dân!"

Mewn chwinciad, roedd y gwersyll cyfan yn rhedeg tua'r caeau ŷd, ond eisoes roedd hi'n rhy hwyr. Roedd y tân wedi gafael ac yn llosgi'n ffyrnig. Roedd yr ŷd crin yn cynnau yn frawychus o sydyn, a'r fflamau'n dod yn syth am y gwersyll.

Ymhen rhai munudau roedd nifer o'r Indiaid yn ceisio torri bwlch deg troedfedd o led yn y cynhaeaf, gan obeithio na fedrai'r fflamau neidio'r troedfeddi hynny; ond roedden nhw'n ymladd brwydr ofer.

Roedd y tân wedi cydio o ddifrif ac ni fedrai'r Navahos wneud yr un dim ond edrych ac aros iddo losgi'n llwyr. Aros, a gwylio'u cynhaliaeth ar gyfer y gaeaf hwnnw yn codi'n gymylau duon uwch eu pennau, ac yn llenwi'u ffroenau â chnecsawr anhyfryd. Distawodd pawb. Doedd dim sgwrs i'w chlywed, dim ond distawrwydd. Distawrwydd a dioddef distaw.

Ddwy awr yn ddiweddarach, ar orchymyn Herrero Grande, aeth Manuelito a deg o lanciau i geisio darganfod tarddiad y tân. Fuon nhw ddim yn hir yn ei ffeindio.

Yng nghornel un o'r caeau fe welson nhw farilau gweigion o *kerosene*, ac ugain neu fwy o ffaglau. Roedd y tân wedi'i gynnau'n fwriadol. Wedi'u llosgi ar ochrau'r barilau roedd y geiriau 'U.S.Army'.

Roedd y Taflwr Rhaffau wedi dechrau ar ei waith.

* * *

"Edrych, Chico!"

Arafodd Chico'i geffyl. Roedd pob owns o'i gorff yn brifo, ond ni fynnai gyfaddef hynny wrth Tanuah na Benito. Pan arhosodd y ceffyl, edrychodd Chico i gyfeiriad braich estynedig Benito.

Roedd cymylau trwchus o fwg du yn codi'n drochion ar y gorwel.

"Ceunant de Chelley!" gwaeddodd Benito.

"Ewch chi!" gwaeddodd Chico. "Fedra i ddim teithio'n gyflym. "Ewch ... rhag ofn."

Ac fel cath i gythraul carlamodd y ddau nerth carnau eu ceffylau am y Ceunant. Wrth nesáu, gwelsant y llanast. Roedd rhai o'r hen wragedd yn wylo eu digofaint yn gwbl agored, a chriw o'r llafnau ifanc yn gweiddi ar Herrero Grande i ddial ar y dyn gwyn. Yna, cyrhaeddodd Manuelito. Yn araf dechreuodd y llwyth cyfan gyrraedd. Gwelodd Manuelito'r Arapahos a chododd ei law mewn cyfarchiad.

"Croeso, Benito."

Amneidiodd Benito at y mynyddoedd.

"Mae Chico ar ei ffordd."

Daeth Manuelito ato. Gafaelodd yn ei law, yna'n llaw Tanuah.

"Mae fy nyled i i 'mrodyr, yr Arapahos, yn fawr."

Ysgydwodd Benito'i ben a phwyntiodd at y caeau duon.

"Mae'r Arapaho'n barod i ddial am hyn ..."

Gwenodd Manuelito.

"Mae gwaed pob Navaho yng Ngheunant de Chelley yn berwi'r foment hon. Does dim un na fyddai'n dymuno gweld dial am hyn. Ond ble mae Chico?"

Wedi egluro wrth Manuelito, aeth Benito yn ei ôl i arwain Chico i'r gwersyll.

* * *

Roedd Haul y Bore'n gwybod fod yr anochel ar fin digwydd. Roedd hi wedi gwrando ar sgwrsio Manuelito a Benito. Roedd hi wedi clywed Benito'n dweud fod Chico ar ei ffordd, ac roedd hi wedi'i glywed yn carlamu o'r gwersyll i fynd i'w gyfarfod.

Ceisiodd sibrwd wrthi hi'i hun, "Na! Na! Na!", ond ni ddeuai'r geiriau o'i cheg. Ceisiodd sibrwd "Chiquito!", ond ni fedrai ynganu'i enw yntau ychwaith.

Beth ar wyneb y ddaear oedd hi'n mynd i'w ddweud wrth Chico. Taflodd ei hun ar y bwndel crwyn yng nghornel y tipi, a dechreuodd wylo drachefn. Fedrai hi byth wynebu Chico! Fedrai hi byth egluro wrtho pam ei bod hi'n dal yn fyw tra oedd ei fab yn gelain oer. Roedd hi wedi clywed Benito pan fu yma o'r blaen yn sôn am ddial Chico ar y Cotiau Glas; beth tybed fyddai ei ddial arni hi? Tybed fedrai hi …?

Roedd hi'n dal i ysgwyd gan angerdd ei hwylo pan grafangodd at y cawell oedd ger ei gwely. Yn araf tynnodd y gyllell hir ohono. Roedd ei llafn yn finiog loyw. Ag un trywaniad gallai ladd a lleddfu'i phoen am byth. Dianc rhag ei heuogrwydd. Dianc rhag dial Chico.

"Haul y Bore?"

Fferrodd. Gollyngodd y gyllell. Dechreuodd ei gwefusau grynu. Yn araf trodd.

"Haul y Bore!"

Roedd Chico'n sefyll yno; nid dicter na llid ond tosturi oedd ar ei wyneb ac roedd o'n estyn ei freichiau ati.

"Chico!"

* * *

Roedd Carleton wrth ei fodd. O'r diwedd roedd pethau'n dechrau symud yn eu blaenau.

"Cant a hanner o aceri! Faint sy ar ôl? E? Faint sy ar ôl?"

"Dim, syr." Roedd ateb Carson yn syth, ac i'r pwynt. "Fydd gan y Navahos ddim grawn nac ŷd y gaea 'ma. Ar wahân i gynnyrch eu perllannau, a'r cig a gân' nhw wrth hela, fydd ganddyn nhw ddim byd i'w cynnal."

"Yipeee!"

Ond doedd Carson ddim yn rhannu brwdfrydedd ei bennaeth. Y fo oedd wedi awgrymu llosgi'r cnydau. Gwyddai yn ei galon na ellid ennill brwydr yn erbyn y Navahos yng

Ngheunant de Chelley. Roedd rhannau o'r Ceunant yn codi'n waliau hyd at fil o droedfeddi o uchder, ac mewn mannau yn culhau i ychydig ddegau o lathenni. Roedd yna ddegau o ogofâu ar y clogwyni. Petai'r Navahos yn dymuno hynny, gallent wrthsefyll byddin o rai cannoedd trwy osod gwylwyr gyda chreigiau a cherrig ar y waliau hynny a gallent ddal eu tir efallai am fisoedd ar y tro. Ond roedd hynny'n dibynnu ar gael digon o gynhaliaeth yn y Ceunant. Rŵan roedd stôr y gaeaf wedi diflannu ar un amrantiad. Gwyddai Carson y byddai'r *ricos* yn sicr o daro'n ôl a hynny'n galed.

"Fyddwn i ddim yn llawenhau yn rhy fuan, syr. Fe fydd yna hen ddial am hyn, ac fe ddaw yn gyflym."

"Ond fydd ganddyn nhw ddim bwyd dros y gaea! Bydd rhaid iddyn nhw ddod i mewn!"

"Neu ..." Oedodd Carson cyn cwblhau'i frawddeg.

"Neu be?"

"Dwyn, syr."

"Dwyn! O ble wnawn nhw ddwyn? Ble o fewn cyrraedd i Geunant de Chelley mae yna ddigon o fwyd i fwydo llwyth cyfan?" Chwarddodd Carleton yn ei wyneb.

Daliodd Carson i edrych i fyw ei lygaid. Nid atebodd ei gwestiwn. Roedd Carleton yn dwp os nad oedd o wedi sylweddoli'r ateb.   Yna gwawriodd yr ateb hwnnw arno.

"Yma? Wyt ti'n meddwl y dôn' nhw yma?"

"Does dim sy'n gwneud i Indiad ymladd yn fwy na'r awch i'w fwydo'i hun a'i deulu."

"Feiddian nhw ddim!"

"Os ydych chi'n dweud, syr!"

"Carson! Wyt ti'n meddwl y dôn' nhw?"

"Fe fydd y llosgi wedi'u corddi nhw, syr. A rŵan yn ogystal â'r Navahos, fe fydd Geronimo a Cochise yn ddraenen ychwanegol yn ein hystlys, ac i Dicks y mae'r diolch am hynny!" Oedodd ennyd i'w ergyd gyrraedd ei nod cyn mynd rhagddo. "Roedd llosgi'u cynhaeaf yn weithred fawr yn eu herbyn, felly fe fyddan nhw'n chwilio am weithred fawr i dalu'r pwyth yn ôl."

"Ac rwyt ti'n credu mai ymosod ar y Ffort a wnawn nhw?"

"Pwy a ŵyr be wnawn nhw, syr? Indiaid ydyn nhw – yr unig beth ydi, y tro hwn, maen nhw'n wahanol."

"Yn wahanol? Be ti'n 'i feddwl?"

"Rŵan, maen nhw'n Indiaid sy wedi gwylltio, syr."

* * *

Bythefnos union yn ddiweddarach, roedd yna Indiaid ym mhob man ym Mynyddoedd y Chusca. Yn ddyddiol deuai adroddiadau at y Cadfridog Carleton yn datgan bod tri llwyth o'r Apache a'r Navahos yn symud yn araf tua'r Ffort. Chredodd o mo'r adroddiadau cyntaf, gan daeru mai criwiau bychain o *renegades* oedd yn crwydro, a mwy na thebyg wedi dianc o diroedd Warm Springs.

"Maen nhw'n dod, Carleton!"

Pan lefarwyd y geiriau yna wrtho gan Kit Carson, gwyddai Carleton fod rhywbeth yn y gwynt. Roedd Kit Carson wedi bod yn sgowtio ym Mynyddoedd y Chusca, ac roedd o newydd adrodd fod cyngor rhyfel yn cael ei gynnal yno. Roedd tri llwyth o'r Apache a'r Navahos yno. Roedd Manuelito wedi mynd â thri chant o ddynion gydag o, ac amcangyfrifai Carson fod tua phum cant arall yn cael eu harwain gan Cochise a Geronimo.

"Ond be fedran nhw 'i wneud?"

"Ein hamgylchynu ni, syr!"

"A be wedyn?"

"Ymosodiadau bychain bob nos ... cadw pawb yn effro drwy'r amser ... ein blino'n ara bach, syr ..."

"Weithith hynny byth!"

"Pe caem ein cau i mewn am fis, syr ..."

Dechreuodd y Cadfridog gamu ar hyd ac ar led yr ystafell. Roedd o'n meddwl.

"Ble arall medran nhw gael bwyd y gaea 'ma?"

"Mae'n rhy hwyr iddyn nhw ailblannu had, ac mae'r byffalo wedi mynd yn rhy bell i'r gogledd, syr. Ar wahân i stôr eu hogofâu ... bydd rhaid iddyn nhw brynu neu gyfnewid ..."

"Aros ...!"

Oedodd Carleton, fel pe bai rhywbeth wedi'i daro'n sydyn.

"Ble mae'r ogofâu?"

Chwarddodd Carson.

"Duw, a'r Navahos, a ŵyr hynny, syr! Maen nhw ym mhob man ar hyd a lled y mynyddoedd o gwmpas Ceunant de Chelley. Mae yna ddegau yn y creigiau sydd ar y ffordd i mewn i Geunant de Chelley. Yno maen nhw'n sychu a chadw cynnyrch eu perllannau ..."

Roedd Carleton wrth gerdded wedi cyrraedd ei ddesg ac wedi eistedd wrthi. Roedd o'n edrych ar y map ar y wal o'i flaen. Trawodd ei ddwrn yn galed ar y bwrdd.

"Wrth gwrs!" gwaeddodd, "Y perllannau!"

Doedd Kit Carson ddim yn deall yn iawn. Roedd ffrwythau'r perllannau wedi'u casglu ers misoedd. Fyddai'r rheini ddim yn dwyn ffrwyth am saith neu wyth mis eto. At beth roedd Carleton yn cyfeirio? Fel pe bai'n gweld ei benbleth eglurodd Carleton.

"Rhaid i ni gael gwared â nhw o'r Ceunant am byth, Carson. Y ffordd i wneud hynny ydi dangos nad oes yna ddyfodol yno. Rhaid i ni ddifa'r perllannau. Pob coeden, pob glasbren ... diwreiddio'r cyfan."

"Beth, syr?" Doedd Kit Carson ddim yn coelio'i glustiau. "Fedrwch chi ddim difa'r perllannau. Maen nhw'n rhan o Geunant de Chelley ... yno ers degau os nad cannoedd o flynyddoedd ..."

"Mi wnest ti ddifa'r caeau porthiant!"

"Am eleni'n unig roedd hynny, syr! Mi fydd yn bosib cael cnwd arall ar y meysydd hynny y tymor nesa ..."

"Felly hefyd y perllannau ..."

"Gall gymryd ugain mlynedd neu bum mlynedd ar hugain i aildyfu perllan, syr."

"Rhaid torri'u calonnau, Carson! A beth bynnag, gorchymyn ydi o. Rhaid i ti ufuddhau!"

Tynnodd Carson anadl ddofn i'w ysgyfaint. Roedd yn ymwybodol fod pob gorchymyn a gâi bellach yn troi ei stumog ac yn datblygu'n destun dadl. Ond doedd o ddim yn mynd i ddifa perllannau'r Navahos. Gwell ganddo ... gwell ganddo ymddiswyddo na hynny.

"Ddim y tro yma, syr." Rhoddodd bwyslais anarferol a phendant ar y 'syr'.

"Beth?"

"Wna i ddim ufuddhau i'r gorchymyn yna, syr!"

Am eiliad, credai Carson fod Carleton yn mynd i ffrwydro. Ond am ryw reswm, tynnodd yntau anadl ddofn, a sythodd ei ysgwyddau.

"Wyt ti ddim yn cytuno ei fod, yn strategol, yn gynllun da?"

"Mae yna eithafion na ellwch chi fynd iddyn nhw yn erbyn yr Indiaid, credwch chi fi, syr! Mae yna fwy o wytnwch yn ambell i hen wraig o lwyth yr Apache neu'r Navahos, nag sydd yna yn ein milwyr dewraf ni. Mae yna hen falchder na allwch chi fyth ei golbio ohonyn nhw. Efallai ein bod ni heddiw yn hau had dieflig y bydd ein plant a phlant ein plant yn ei fedi am genedlaethau."

Roedd o'n credu am funud ei fod wedi darbwyllo'i Gadfridog. Bu hwnnw'n pwyso a mesur ei eiriau yn hir. Ond mewn gwirionedd, dadlau ag ef ei hun a ddylai ddiswyddo Carson yn syth roedd Carleton. Roedd o eisoes wedi penderfynu anfon Dicks a'i ddynion i ddifa'r perllannau, ac fe gaen nhw fynd ar eu hunion i wneud hynny. Efallai y dylai ymbwyllo gyda Carson. Roedd gan y dyn ei gryfderau, ac roedd ganddo berthynas arbennig gyda'r Indiaid. Fe allai ei gyfeillgarwch â nhw fod o fantais iddo yn y dyfodol. Penderfynodd anfon Carson i ffwrdd.

"Mae gen i eisiau i ti fynd i Ffort Sumner."

"Ffort Sumner, syr?"

"Gofyn i Canby lle i faint sydd ar y Bosque. Does yna ddim pwrpas i ni gasglu'r holl Apache a'r Navahos yma, a'u hanfon draw i'r Pecos os na fydd yna le iddyn nhw!

"Rydych chi'n gwybod fod yna le iddyn nhw i gyd, syr! Onid ydi negeseuon Washington yn cadarnhau hynny?"

Ysgydwodd Carleton ei ben.

"Dydi syms Washington ddim yn gwneud sens!"

"Pam hynny, syr?"

Oedodd Carleton.

"Roedden nhw'n gobeithio y byddai nifer yr Indiaid yn ... beth ddeuda i ... yn lleihau'n arw cyn iddyn nhw gyrraedd rhandir y Bosque. Dyna pam maen nhw i fod i gerdded yno ..."

"Cerdded yno? Ond, syr!"

Unwaith eto roedd Carson ar fin ffrwydro. Roedd Carleton yn dweud yn benodol wrtho fwy neu lai mai polisi'r llywodraeth oedd difa a lladd cymaint o'r Indiaid ag y gallen nhw cyn iddyn nhw gyrraedd y Bosque.

"Dos, Carson. Pan ddoi di'n ôl mi fydda i'n rhoi gofal symud y Navahos a'r Apache yn uniongyrchol i ti. Ti fydd yn gyfrifol am eu hebrwng oddi yma i lannau'r Pecos."

Nodiodd Carson. O leiaf gallai ofalu am yr Indiaid ar daith mor bell. Yna cofiodd am Dicks.

"Aeth fy nghwyn i i Canby, syr?"

"Mae Dicks newydd gyrraedd yn ôl; mae o'n dod i 'ngweld i, i drafod dy gŵyn di cyn i mi ei hanfon ymlaen."

Gallai Carleton weld yr anfodlonrwydd ar wyneb Carson, ond

doedd o ddim mewn hwyliau i drafod ei gŵyn yn erbyn Dicks. Roedd yr Indiaid yn poeni mwy arno ar y funud.

Y munud y gwelodd Carleton Kit Carson yn reidio i gyfeiriad Ffort Sumner, gorchmynnodd i Dicks ddod i'w ystafell.

Eglurodd yn gyflym iddo beth oedd ei gynllun. Roedd o i fynd â chant o ddynion i fyny i Geunant de Chelley. Unwaith y cyrhaedden nhw yno, roedden nhw i fynd ati'n drylwyr i ddifa perllannau'r Navahos. Fesul coeden, roedden nhw i'w llifio neu i'w llosgi. Go brin y byddai mwy na dwsin neu ddau o ddynion yn gwarchod y cyfan ar ran yr Indiaid gan fod y rhan fwyaf wedi mynd gyda Manuelito i'r Cyngor Rhyfel, ym Mynyddoedd y Chusca.

Gwenu a wnaeth Dicks.

"Fyddwn ni ddim yn hir, syr."

"Fydd cant o ddynion yn ddigon?"

"Os cawn ni fwy, mi fedrwn ni gyflawni'r gwaith yn gynt, syr!"

"Dos â dau gant 'ta!"

"Fydd hynny ddim yn eich gadael chi'n brin, syr?"

Ysgydwodd Carleton ei ben.

"Mae'n gadael tri chant da yma. Mi wnawn ni heboch chi am wythnos! Gyda llaw, mae Carson wedi mynd am Ffort Sumner; mae o'n dal i bwyso am i mi yrru'r gŵyn ymlaen i Canby."

Edrychodd Dicks ar y Cadfridog.

"Rydw i'n dal at yr hyn a sgwennais i yn fy adroddiad, syr. Diogelwch fy nynion oedd flaenaf yn fy meddwl i."

Nodiodd Carleton a gwenu.

"Gyda llaw, gan dy fod ti'n gorfod mynd â wagen, beth am fynd a 'chydig sachau o galch a photelaid neu ddwy o wenwyn?"

Meiniodd llygaid Dicks. Doedd o ddim yn deall.

"Mae ganddyn nhw ffynhonnau, tyllau dŵr ac afonydd yn y Ceunant, on'd oes?"

Gwenodd Dicks, a nodiodd, "Ac maen nhw'n yfed dŵr y ffynhonnau ac yn bwyta pysgod yr afonydd!"

"Gorffen y job, wir Dduw!"

Y noson honno, yn dawel fach, llithrodd dau gant o filwyr allan o Ffort Defiance, a symud mor gyflym ag y gallai'r wagen deithio. Roedd hi'n cario'r gwenwyn, y calch, y bwyeill, y llifiau a'r *kerosene*.

* * *

Bu Haul y Bore'n wylo'n hir, a thrwy gydol yr amser hwnnw bu Chico'n gafael yn dyner ynddi. Tynnodd ei ddwylo trwy'i gwallt a sibrydodd yn ei chlust.

"Dywed dy stori, Haul y Bore."

"Chico ..." cychwynnodd hithau, ac yna dechreuodd feichio crio drachefn.

"Rhaid i ti ddweud dy stori, Haul y Bore."

"Quanah ..." dechreuodd hithau.

Ysgydwodd Chico'i ben. Gafaelodd yn ei hwyneb â'i ddwy law ac edrychodd i fyw ei llygaid.

"Rhaid i mi gael dy stori di nid stori Quanah. Rydw i wedi clywed stori Quanah, ond dydw i ddim wedi clywed dy stori di!"

Ysgydwodd ei phen, llenwodd a chaeodd y llygaid eto.

Yn sydyn, roedd Chico ar ei draed. Roedd min ar ei lais wrth iddo ddweud wrthi, "Rhaid i mi glywed dy stori di, Haul y Bore! Dim ots faint o amser y cymer hi i ti ei hadrodd. Rydw i eisiau clywed dy stori di!"

Agorodd y llygaid mewn braw, ond roedd y tân yn llygaid Chico yn dangos ei fod o ddifrif. Yn gwbl o ddifrif. Beth petai o ...? Na fyddai byth! Carlamodd panig trwy'i chorff.

"Chiquito ..." meddai. "Roedd Chiquito'n cysgu ... yn y tipi ... daeth y Cotiau Glas ..."

Yna, roedd Chico'n ôl wrth ei hochr a'i law am ei hysgwyddau. Fesul brawddeg, gair a deigryn fe glywodd Chico stori Haul y Bore. Doedd o ddim eisiau ei chlywed hi eto, ond gwyddai mai dyma'r unig ffordd y byddai Haul y Bore'n cael gwared â'i phoen.

Am gryn awr bu Chico'n gwrando a phan orffennodd Haul y Bore ei stori cusanodd Chico hi'n hir.

"Mae'n hynafiaid wedi gorfod dioddef llawer dan law ein gelynion, Haul y Bore, ond mae ein dioddefaint ni heddiw yn fwy. Nid y buaswn i'n dymuno hynny, ond fe ddaw stori Chiquito yn rhan o'n hanes a'n chwedloniaeth. Bydd plant i blant ein plant yn clywed, a bydd ein dioddefaint ni yn gysur i'r rhai y bydd yn rhaid iddynt ddioddef eto."

* * *

Ym Mynyddoedd y Chusca, ryw ddeugain milltir o Ffort Defiance, roedd cyngor rhyfel yr Apache a'r Navahos yn cyfarfod. Pan gyrhaeddodd Geronimo roedd y rhan fwyaf ohonynt yno, yn paratoi at ryfel yn erbyn y Cotiau Glas. Roedd y newyddion am yr ymosodiad ar wersyll Geronimo wedi lledaenu trwy'r llwythau fel tân gwyllt. Roedd disgrifiadau graffig Quanah o dreisio Haul y Bore a lladd Chiquito yn cael eu sibrwd o glust i glust, ac roedd gorchestion dial Chico yn cael eu canmol. Roedd cyflafan Camp Grant newydd ddigwydd, ac roedd yna awydd mawr ymhlith pawb am ddial. Ac nid yn unig hynny. Roedd y Bedonkohes wedi colli bron i ddau gant o'u llwyth, yn blant, gwragedd a milwyr. Roedd y Chiricahuas wedi'u trechu gan Dicks, a thri chant wedi eu hanfon i'r Bosque; ac roedd y cyrchoedd wedi dechrau yn erbyn y Nednais. Roedd y Taflwr Rhaffau wedi bod yn rhybuddio'r Navahos bod eu hamser hwythau yng Ngheunant de Chelley yn dirwyn i ben, ac roedd yr ymgyrch yn eu herbyn wedi dechrau trwy losgi'r cynhaeaf ŷd. Ar gais penaethiaid y llwythau oll y trefnwyd y Cyngor Rhyfel.

Roedd Mangas Colorado yno'n arwain y Bedonkohes; y Cochise ifanc ei hun yn arwain y Chiricahuas, a Juh yn arwain y Nednais. Ond pan gyrhaeddodd Geronimo, cytunwyd, am mai ef oedd wedi dioddef fwyaf gan ymgyrchoedd y Cotiau Glas, mai y fo fyddai'n arwain ac yn trefnu'r cyrch.

Bu'r penaethiaid yn siarad ac yn cynllunio'n hir cyn galw pawb ynghyd i egluro'r cynllun. Roedd cynllun Geronimo yn un syml. Roedden nhw'n mynd i ymladd y Cotiau Glas ger Ffort Defiance; ond nid cymryd y Ffort oedd eu bwriad. Eu hunig fwriad oedd lladd cymaint o'r Cotiau Glas ag y gallen nhw. Rhwng y llwythau, roedd ganddyn nhw saith cant o ddynion – ar y mwyaf pum cant oedd gan y Cotiau Glas. Unig fantais y dyn gwyn oedd fod ganddynt ynnau a bwledi yn hytrach na saethau a phicellau fel yr Indiaid. Roedd gan rai o ddynion Geronimo reiffls a bwledi na wyddai'r Cotiau Glas amdanyn nhw. Ond roedd gan yr Indiaid fantais arall – doedd y Cotiau Glas ddim yn disgwyl ymosodiad.

* * *

Pan ddeffrodd Chico, gwyddai ei fod wedi cysgu'n braf. Ymestynnodd ei freichiau a'i goesau ac ysgydwodd ei ben. Gallai weld ei bod yn fore. Trodd ar ei ochr a gosododd ei ben yn ei benelin i edrych ar Haul y Bore'n cysgu'n braf.

Roedd hi wedi gwella drwyddi wedi cael dweud ei stori. Roedden nhw wedi bod yn cerdded llawr y Ceunant y prynhawn cynt yn siarad a siarad a siarad. Roedd o'n teimlo'i gorff wedi cryfhau drwyddo, er fod gwendid o hyd yn ei goesau, ac roedd o rŵan yn hapusach i adael y Ceunant a Haul y Bore hithau wedi gwella.

Edrychodd eto ar Haul y Bore'n cysgu. Gwyddai y byddai'n

rhaid iddo ddychwelyd at Geronimo a Cochise yn hwyrach y diwrnod hwnnw.

Doedd o ddim wedi teimlo'n ddigon heini i fod yn rhan o'r frwydr yn erbyn Ffort Defiance, ond gwyddai Chico y byddai'r Apache i gyd yn cychwyn am Albuquerque ychydig ddyddiau ar ôl yr ymosodiad hwnnw. Roedden nhw wedi penderfynu ymosod ar y corlannau oedd gan y fyddin yno. Roedd sgowtiaid wedi dychwelyd i Fynyddoedd y Chusca gyda'r newyddion fod ceffylau a gwartheg y fyddin yn cael eu cadw yno am beth amser cyn cael eu gyrru i Ffort Defiance, Ffort Wingate a Ffort Sumner.

Taerai Geronimo y byddai'n haws i'r Indiaid ac yn ergyd galetach i'r Cotiau Glas pe gellid dinistrio'r corlannau a gwasgaru'r stoc ar hyd y wlad cyn iddyn nhw adael Albuquerque. Fe allen nhwythau ddwyn ychydig o'r ceffylau gorau eu hunain, a lladd buwch neu ddwy i gael cig yn eu stumogau.

Edrychodd Chico eto ar Haul y Bore ac estynnodd ei fys i gyffwrdd blaen ei thrwyn. Ochneidiodd hithau ac agorodd ei llygaid. Symudodd yntau ei fys yn araf at ei boch ac yna at ei gwddf.

Agorodd ei llygaid a gwenodd. Daeth ei llaw hithau at ei wyneb yntau. Gafaelodd yn ei ben a thynnodd ef ati.

"Fe fydd yn rhaid i mi adael am Fynyddoedd y Chusca rywdro'r prynhawn yma ..." sibrydodd wrthi.

Gwenu a wnaeth Haul y Bore.

"Does gen ti fawr o amser felly ... yn nac oes?"

PENNOD PUMP

Roedd Kit Carson eisiau amser i feddwl.

Y munud y gorchmynnodd Carleton iddo fynd i Ffort Sumner i weld Canby, roedd wedi amau mai ystryw i'w gael o o'r ffordd oedd y gorchymyn. Doedd dim angen iddo fo fynd – gallai Carleton fod wedi anfon sarjant neu hyd yn oed gorporal – ond roedd o wedi penderfynu mynd gan y byddai hynny'n rhoi'r cyfle iddo sôn wrth Canby am ymddygiad Dicks. Byddai hefyd yn rhoi cyfle iddo i feddwl. Er mai ychydig oriau o farchogaeth a gâi cyn iddi nosi, penderfynodd gychwyn ar unwaith.

Ar y naill law, doedd o ddim yn falch iawn o'i gyrch yn erbyn y Navahos. Gwyddai y byddai difetha'r cnydau yn creu caledi a dioddefaint ymysg yr Indiaid ond, fel milwr, gwyddai hefyd mai dyna'r unig ffordd i'w cael o'r Ceunant. Oni ellid eu hamddifadu o'u cynhaliaeth nid oedd gobaith eu symud oddi yno.

Ceisiodd edrych ar y sefyllfa mewn gwaed oer. Roedd hi'n ffaith fod y setlwyr yn heidio am ddyffrynnoedd ffrwythlon y Rio Grande yn eu miloedd. Roedden nhw'n dod, a doedd yna ddim byd y gallai neb ei wneud i'w rhwystro. I osgoi gwrthdaro a lladd ar raddfa eang, roedd yn rhaid symud yr Indiaid. Roedd yn rhaid gwneud hynny. Oedd, roedd hen ffordd o fyw yn dirwyn i ben, neu'n hytrach yn cael ei ail-leoli, ond y dewis arall oedd difodiant llwyr. Yr unig ddewis, mewn gwirionedd, oedd y lleiaf o ddau ddrwg.

Ac eto …

Hedodd meddwl Carson yn ôl i'r blynyddoedd a dreuliasai gyda'r Arapaho a'r Cheyenne. Beth petai wedi aros gyda nhw? Beth petai o ar Gyngor Rhyfel y Llwythau heddiw? Beth wnâi o? Derbyn bod symud yn anochel, neu gefnogi arweinwyr fel Geronimo a Cochise? Onid oedd ei waed o'i hun yn llifo yn ngwythiennau un Arapaho?

Am un eiliad, teimlai Carson fel diosg ei lifrai a diflannu. Diflannu ymhell oddi wrth y llanast oedd yn cyniwair yn y tiroedd hyn. Dianc i'r gogledd neu i'r gorllewin a chychwyn o'r newydd. Ond gwyddai yn ei galon mai aros a wnâi. Yma roedd o'n perthyn.

Bu'n marchogaeth yn galed am awr cyn iddi dywyllu. Câi'i geffyl ddigon o seibiant dros nos, ac fe ailgychwynnai drannoeth ar godiad yr haul. Bu am beth amser yn dewis llecyn cysgodol i gysgu ynddo. Gwyddai fod Mynyddoedd y Chusca'n berwi o Indiaid, a cheisio'u hosgoi oedd ei fwriad y tro hwn. Yn fwriadol dringodd fryncyn caregog, diarffordd a dewisodd wersylla yng nghysgod craig. Roedd yna lecyn glaswelltog gerllaw ar gyfer ei geffyl, a digon o gysgod iddo yntau pe byddai'n rhaid amddiffyn ei hun.

Wedi gofalu am ei geffyl, cariodd ei gyfrwy i gysgod y graig a dechreuodd baratoi pryd o fwyd oer iddo'i hun. Wedi gorffen hwnnw, penderfynodd orffwyso.

Doedd hi ddim wedi dyddio pan ddeffrodd, ac am rai eiliadau gorweddodd yn gwbl lonydd.

Gweryriad ysgafn ei geffyl a'i deffroes, ac ar unwaith gwyddai Carson fod rhywbeth o'i le. Meiniodd ei glustiau, ond ni chlywai ddim allan o'r cyffredin. Yn araf symudodd ei law tuag at ei wn, a fferrodd. Teimlodd ddur oer ar ei foch, a chlywodd sŵn cliced gwn yn cael ei chodi. Yn araf a bwriadol cododd ei freichiau mewn ystum o ildio.

Edrychai'r fynedfa i Geunant de Chelley yn iasoer yn ysblander y bore bach. Roedd rhywbeth yn fygythiol hardd yn y waliau o glogwyni a godai gryn fil o droedfeddi i'r entrychion. A hithau newydd wawrio, edrychai'r creigiau yn un crynswth o ddüwch yn erbyn llwydni'r wybren, ac eto, doedd hi ddim yn ymddangos fod yna fygythiad i Dicks a'i filwyr oddi wrth yr Indiaid. Roedd pob man mor dawel.

Roedd sgowtiaid Dicks wedi dychwelyd yn gynharach gydag adroddiad nad oedd neb ar ôl yn y Ceunant – o leiaf roedd y ddau wersyll nesaf at y fynedfa wedi'u gadael. Roedd y bobl a'r anifeiliaid wedi encilio. Wydden nhw ddim a oedd hynny'n wir am y prif wersyll oedd ddwy filltir i fyny'r Ceunant, ynghanol y perllannau. Ar orchymyn Dicks, doedden nhw ddim wedi mentro mor bell â hynny eto. Y cam cyntaf iddo fo oedd cael ei ddynion trwy'r fynedfa yn ddiogel.

"Weli di rywbeth?" gofynnodd i'w sarjant.

Roedd Dicks a'r sarjant yn craffu trwy'u sbienddrychau i ganol y creigiau a'r clogwyni. Edrychodd y ddau yn ôl ac ymlaen, i fyny ac i lawr dwy ochr y clogwyn.

"Wel?"

Ysgydwodd y sarjant ei ben.

"Dim byd, syr."

Ochneidiodd Dicks. Roedd yn braf cael cadarnhad, ac eto …

Edrychodd unwaith eto ar y creigiau. Gwyddai eu bod nhw'n llawn ogofâu – rhai ohonynt yn ffurfiau naturiol, eraill yn llochesau a storfeydd bwyd ac arfau a naddwyd o'r graig dros gyfnod o flynyddoedd gan genedlaethau o Navahos. Roedd rhwydwaith o dwnelau yn cysylltu'r cyfan – twnelau y gallai'r anghyfarwydd yn hawdd ddiflannu am byth ynddynt os na wyddai ei ffordd drwyddynt.

Roedd y fynedfa i Geunant de Chelley yn dywyll, ac yn

parhau felly am gryn chwarter milltir gan fod y clogwyni yn taflu'u cysgodion dros yr hanner can troedfedd o ddaear wastad oedd ar lawr y Ceunant yn y fan honno. Roedd yr afon wedi dwyn deuddeg troedfedd dda o'r tir hwnnw.

Roedd un peth yn sicr, fodd bynnag. Fedren nhw ddim aros yn llonydd am lawer hwy. Roedden nhw wedi dod yma i wneud job o waith. Aeth i flaen y trŵp. Gorchmynnodd i'w ddynion estyn eu reiffls, a'u dal yn eu colau wedi'u hanelu at y creigiau. Roedd pob milwr i wylio am y symudiad lleiaf ar y clogwyni.

Wrth arwain ei ddynion yn dawel i fyny'r Ceunant ni fedrai hyd yn oed Dicks ond rhyfeddu at berffeithrwydd y Ceunant fel lle i fyw. Roedd yn gaer naturiol. Gallai cyn lleied ag ugain o ddynion rwystro byddin gyfan rhag cael mynediad yma pe byddai angen. Dim ond eu gosod yn strategol yma ac acw, rhoi arfau pwrpasol yn eu dwylo …

Ac wrth sylweddoli hynny daeth yna ryw deimlad drosto. Roedd rhywbeth o'i le yma. Arhosodd, ac edrychodd i fyny ac i lawr y waliau anferth o bobtu iddo. Doedd yna neb i'w weld ar y clogwyni, ac eto roedd ganddo'r teimlad fod miloedd o barau o lygaid yn edrych arno. Oedd o'n arwain ei ddynion i drap?

Penderfynodd brysuro ymlaen, ac yn araf fe basiodd y milwyr yn ddidramgwydd trwy'r fynedfa gul a phrysuro yn eu blaenau nes cyrraedd y ddau wersyll cyntaf.

Yno, fel y dywedasai'r sgowtiaid, roedd y lle wedi'i adael a'r gwersylloedd yn wag. Doedd dim byd yn aros y milwyr ond tipis gwag, ac olion lle bu tanau ac anifeiliaid y Navahos. Ger y tyllau dŵr y bu'r Indiaid mor ddyfal yn eu cloddio roedd corlannau i'r anifeiliaid. Ond doedd dim arlliw fod dyn nac anifail wedi bod yn agos iddynt ers rhai dyddiau.

Sarjant!" bloeddiodd Dicks.

Carlamodd hwnnw'n syth at y Capten.

"Syr?"

"Mi ddechreuwn ni yma! Dos o *kerosene* i bob tipi a'u tanio. Potelaid o wenwyn i bob twll dŵr."

Rhoddodd Dicks orchymyn i'r sgowtiaid symud yn eu blaenau i edrych am y prif wersyll, ac wedi iddyn nhw adael, dechreuodd ei ddynion losgi'r tipis gwag. Wedi tywallt gwenwyn i'r tyllau dŵr, symudodd y milwyr yn araf i fyny'r Ceunant.

* * *

Pan gyrhaeddodd Cochise a'i ddynion roedd yna gyffro yn cyniwair trwy'r gwersyll. Anelodd Cochise yn syth am babell Geronimo, a daeth tyrfa i'w ganlyn wedi deall mai Kit Carson, y Taflwr Rhaffau, oedd y milwr a gâi ei lusgo y tu ôl i'w ceffylau.

Er ei fod wedi cael marchogaeth ei geffyl ei hun o fewn canllath i'r gwersyll, braint Cochise oedd cael llusgo'i garcharor at babell y pennaeth.

O glywed twrf y ceffylau, daeth Geronimo allan, ac wedi'i gyfarch, taflodd Cochise y rhaff at ei draed.

"Carcharor!" gwaeddodd yn fuddugoliaethus.

Cododd bloeddiadau o blith yr Indiaid. Chwifiwyd gynnau yn yr awyr a gwenodd Geronimo ei fodlonrwydd ar Cochise.

Tynnodd ei gyllell o'i wregys ac aeth at Carson a orweddai'n swp ar lawr. Torrodd y rhaffau a'i daliai, ac arhosodd ychydig funudau iddo ddod ato'i hun.

Pan ddadebrodd, gwyddai Carson yn syth mai bach iawn oedd ei siawns o weld machlud haul y diwrnod hwnnw. Sylweddolodd yn syth fod y gwersyll yn un mawr, a bod yna gynghrair o Indiaid yno. Gwyddai hefyd mai ymateb yn uniongyrchol i ddifa'r cynhaeaf yng Ngheunant de Chelley oedd bwriad yr Indiaid, a chan mai y fo oedd wedi trefnu a chynllunio llosgi cnydau'r Navahos, byddai gweiddi croch toc am ei sgalp.

Clywai Geronimo a Cochise yn sgwrsio'n dawel a deallodd mai adrodd hanes ei ddal oedd Cochise.

Cododd ar ei draed i wynebu Geronimo. Roedd hwnnw'n gwenu fel hogyn drwg arno.

"Cafodd y Taflwr Rhaffau ei ddal yn cysgu fel hen wraig!" meddai, gan godi'i lais fel y gallai pawb ei glywed.

Chwarddodd amryw.

Gwenu a wnaeth Carson yntau.

"Mae Cochise i'w ganmol – am ei ddewrder ..." atebodd.

"Mae Cochise i'w ganmol am ddal un o'n gelynion," ysgyrnygodd Geronimo. "Gelyn a aeth i Geunant de Chelley a difetha cynhaliaeth ein brodyr y Navahos. O'r herwydd bydd nifer yn marw o newyn y gaeaf hwn."

"Does dim rhaid i'r un brawd o lwyth y Navahos farw o newyn. Mae dewis ganddyn nhw."

"Symud i'r Bosque?"

Nodiodd Carson.

Tynnodd Geronimo anadl ddofn, a phoerodd yn wyneb Carson.

Gwyddai hwnnw'n burion mai'r peth olaf y dylai ei wneud oedd gwylltio, na dangos unrhyw arwydd fod ei waed yn berwi. Cododd ei law yn araf a dangosodd ei chledr i Geronimo. Roedd craith wen yn amlwg arni.

"Flynyddoedd yn ôl mi ddeuthum i'n frawd trwy waed i Hiamovi'r Cheyenne. Ym Mynyddoedd Dakota mae 'ngwaed i yn llifo yng ngwythiennau un o lwyth yr Arapahos. Mewn adfyd, aeth Wotoma â mi i ben y mynydd cysegredig. Yno bûm yn dyst i weddi Dawns yr Haul. Roeddwn i'n un o'r cylch a amgylchynai Wotoma pan oedd ei weddi am waredigaeth ar ei hanterth yn tynnu dagrau o'i lygaid ei hun."

Trodd Carson i edrych yn ei dro ar yr Indiaid a'i

hamgylchynai. Nid brolio oedd ei bwrpas, ond gwyddai am sancteiddrwydd Dawns yr Haul i'r llwythau oll. Drwy beidio â chyfeirio'i eiriau'n uniongyrchol at Geronimo, roedd hefyd yn dangos ei ddirmyg tuag at weithred y pennaeth o boeri i'w wyneb.

Estynnodd ei ddau fys a'u gosod yng nghorneli ei lygaid cyn ychwanegu, "Gwelodd y llygaid hyn belydrau'r haul yn disgleirio ar ddagrau Wotoma. A gwelodd y llygaid hyn Wotoma yn disgyn o'r mynydd yn bennaeth doeth, yn waredwr ei bobl."

Troes at Geronimo, a dywedodd yn dawel, "Mi glywais i fod Geronimo yn bennaeth doeth. Mae'r haul yn codi draw, a'r cwbl a wêl Geronimo fydd ei belydrau yn disgleirio ar ei boer ei hun."

Roedd y distawrwydd a ddilynodd ei eiriau yn profi i Carson ei fod wedi gwthio'r pennaeth i gornel. Disgwyliai pawb am ei ateb.

"Mae'r Taflwr Rhaffau yn ddyn cyfrwys. Mae o'n sôn am ein traddodiadau gan wybod fod ei eiriau yn disgyn ar dir ffrwythlon. Gwyddom oll am ei ddewrder. Gwyddom am ei ymlyniad i'r Cheyenne a'r Arapaho. Gwyddom oll hefyd, y gallai fod yn ymladd gyda ni yn erbyn y dyn gwyn, ond nid dyna'i ddewis. Dewisodd ochri gyda'r Cotiau Glas. Efallai i mi wneud cam ag ef drwy boeri yn ei wyneb ..." Gwasgodd ei ddwrn yn galed a thrawodd ei fynwes. "Ond calon Indiad sydd yn curo yn y fynwes hon, ac onid gwell gan Indiad ydi gweld pelydrau'r haul yn disgleirio ar ei boer ei hun nag ar ddagrau plant mewn newyn?"

Cododd murmur o gefnogaeth o blith yr Indiaid. Camodd Geronimo at Carson, a chyda'i law, sychodd y poer oddi ar ei wyneb. Cododd ddyrnaid o bridd a rhwbiodd ei ddwylo yn ei gilydd. Roedd hynna'n hanner ymddiheuriad.

"Rwy'n addo i'r Taflwr Rhaffau na fydd ei farwolaeth yn

ddi-urddas, ond yn gyntaf, caiff ddod gyda ni heddiw i weld drosto'i hun beth fu effaith y llosgi ar ysbryd yr Indiaid."

Cododd y rhaff oedd wrth ei draed.

"Clymwch o, a gwarchodwch o."

* * *

O'u cuddfan, yn uchel i fyny'r creigiau, gwyliai Barboncito, Haul y Bore, a gweddill llwyth y Navahos y milwyr yn dod i'r Ceunant a dechrau llosgi'r tipis, ond heddiw gwyddai Barboncito eu bod yn rhy wan a diymadferth i wrthsefyll trais y Cotiau Glas. Gwyddai Barboncito nad oedd pwrpas iddo geisio ymosod ar Dicks a'i filwyr.

Roedd Herrero Grande a Manuelito wedi mynd â'r bechgyn gorau i gyd i'w canlyn i'r Cyngor Rhyfel ac wedi gadael deuddeg gwarchodwr yn unig ar y llwyth. Roedden nhw 'mhellach wedi gorchymyn clirio'r tri gwersyll a symud y llwyth cyfan i'r ogofâu rhag ofn i'r Cotiau Glas ymosod ar y Ceunant yn eu habsenoldeb. Os oedd y milwyr yn dod, doedd dim disgwyl i'r Navahos ymladd, dim ond cuddio. Os byddai ymladd, roedd yr ogofâu a'r llwybrau sgythrog yn llawn cerrig a chreigiau y gellid yn hawdd eu hyrddio ar ben y milwyr, a'r unig ffordd i'r rheini ymosod ar yr ogofâu oedd oddi isod.

Gwnaeth Barboncito ystum ar Necwar, un o'r bechgyn ifanc, i ddod ato.

"Dilyn y Cotiau Glas … ond paid â gadael iddyn nhw dy weld di. Gwylia be maen nhw'n ei wneud, a thyrd yn ôl yma wedyn," meddai wrtho.

Diflannodd Necwar drwy'r ogof i'r twnelau, ac yna i lawr i'r Ceunant.

"Beth os ân' nhw drwy'r Ceunant a llosgi'r prif wersyll?" holodd Haul y Bore.

Ysgydwodd Barboncito'i ben a chodi'i ysgwyddau.

"Does yna ddim byd fedrwn ni ei wneud!"

"Dim?"

"Dim byd! Mae yna ddau, efallai dri chant ohonyn nhw ... deuddeg dyn sydd gen i."

"A channoedd o wragedd a phlant a hen ddynion!"

"Allwn ni byth wrthsefyll y fath griw ... reiffls a chleddyfau yn erbyn saethau ..."

"A cherrig a chreigiau ..."

"Beth wyt ti'n 'i feddwl?"

"Gallwn ni daflu cerrig ar ben y Cotiau Glas wrth iddyn nhw ddychwelyd ..."

"Mi fydd yn rhy hwyr erbyn hynny."

"Dydi hi byth yn rhy hwyr i ladd y Cotiau Glas." Roedd min ar ei llais wrth iddi ychwanegu, "Mae Barboncito'n feddal!"

"Fy nghyfrifoldeb i ydi amddiffyn llwyth y Navahos."

"A gadael i'r Cotiau Glas losgi'n cartrefi?"

"Gallwn ni ailgodi tipis, fel y gallwn ni ailgynaeafu'n cnydau ... fedri di ddim atgyfodi'r meirwon!"

Ond yn reddfol fe wyddai Haul y Bore mai hi oedd yn iawn. Dyna fyddai Manuelito'n ei wneud, a dyna fyddai Chico'n ei wneud. Rhwystro'r Cotiau Glas y dylen nhw. Ymosod arnyn nhw, neu baratoi i ymosod wrth iddyn nhw ddychwelyd. Roedd yn werth rhoi un cynnig arall arni.

"Barboncito! Gallwn ni eu dal nhw yma ar eu ffordd yn ôl!"

Edrychodd Barboncito arni'n hir ac yn feddylgar.

"Haul y Bore," meddai wrthi, "rwyt ti'n wir yn ferch i'th dad!"

Ac roedd o'n dechrau gwegian. Yn dechrau cael y teimlad efallai iddo wneud camgymeriad yn caniatáu i'r Cotiau Glas gael mynediad o gwbl i'r Ceunant. Pam na roddwyd iddo fo'r sicrwydd oedd gan Haul y Bore? Roedd hi'n ei blagio eto.

"Pwy ŵyr beth arall a wna'r Cotiau Glas?"

Roedd Barboncito wedi rhoi ei air i Manuelito y byddai'n

amddiffyn ei bobl hyd eitha'i allu. Oedd hynny'n cynnwys ymosod ar y Cotiau Glas? Hyd rŵan roedd wedi penderfynu nad oedd. Doedd yna ddim byd arall fedrai'r Cotiau Glas ei wneud. Roedden nhw wrthi'n llosgi'r gwersylloedd, ac eisoes wedi llosgi'r cnydau. Roedd yr anifeiliaid i gyd wedi'u cuddio yn y mynyddoedd. Cysurodd ei hun. Na, cymryd pwyll oedd orau a disgwyl a gobeithio y byddai'r llwythau'n gytûn ynglŷn â dial ar y Cotiau Glas mewn un cyrch mawr. Rhy hawdd oedd i Haul y Bore ei feirniadu – doedd ganddi hi ddim cyfrifoldeb. Roedd o'n gwbl dawel ei feddwl erbyn hyn mai'r cwrs callaf iddo fo a'r Navahos oedd cuddio ac aros.

* * *

Fedrai Kit Carson wneud yr un dim ond eistedd yn dawel mewn anobaith llwyr. Roedd wedi ceisio droeon ymresymu â Geronimo, ond i ddim pwrpas.

Roedden nhw nawr o fewn milltir i Ffort Defiance ac yn nesáu o'r dwyrain. Roedd y goedwig rhyngddyn nhw a'r Ffort.

Roedd Carson wedi ei glymu'n sownd i'w geffyl yn null yr Indiaid a gwyddai nad oedd ganddo obaith o ddianc. Roedd ei ddwylo wedi'u clymu o'i flaen ac roedd rhaff wedi'i gosod o'i ddwylo, dan ei afl, ac yn ôl i fyny'i gefn a rownd ei wddf. Roedd rhaff arall yn clymu'i draed yn dynn o dan ei geffyl. Bob ochr iddo roedd ei warchodwyr a rhaffau'n mynd o ffrwyn ei geffyl ei hun i ddwylo'r gwarchodwyr.

Trefnodd Geronimo dri chant o'i ddynion mewn hanner cylch enfawr gerllaw'r goedwig oedd ar gyrion Ffort Defiance. Y munud y daethon nhw i'r golwg, a chodi'u llef, gwelwyd berw a rhuthr o fewn y Ffort. Canodd biwglau a rhuthrodd milwyr â gynnau i ben y waliau. Ond doedd yr Indiaid ddim yn nesáu. Roedden nhw'n aros yno, yn eu hunfan, yn gweiddi ac yn herian y milwyr i ddod allan i ymladd.

Edrychai Carleton i'w cyfeiriad.

"Ydyn nhw'n rhy bell i ni saethu atyn nhw?"

"Ydyn, syr! Maen nhw allan o gyrraedd y reiffls," atebodd milwr a astudiai'r Indiaid yn fanwl drwy sbienddrych. Yna ebychodd,

"Geronimo sy'n eu harwain, syr! Mi wela i o!"

Gafaelodd Carleton yn wyllt yn y gwydrau a chraffu trwyddynt. Gwelai Geronimo yn symud ar flaen yr hanner cylch yn siarad â'i ddynion. Craffodd yn fanylach. Doedd gan yr un o'r Indiaid wn o gwbl. Bwa a saeth a phicellau oedd eu hunig arfau! Daeth i benderfyniad yn syth.

"Sarjant, arweiniwch ddau gant a hanner o ddynion allan o'r Ffort yma ac, o dan gyfarwyddyd y Capten Gregory, daliwch neu laddwch bob un o'r Indiaid sydd draw acw!"

"Ies ... syr!" cleciodd hwnnw'i sodlau, ac o fewn dim roedd biwgl yr ymosodiad wedi seinio. Rhuthrodd y milwyr yn syth am eu ceffylau a threfnu'u hunain yn rhengoedd o dri. Daethant yn eu blaenau at ddôr y Ffort. Roedd Carleton yn rhoi gorchmynion eto i'w ddynion.

"Capten Gregory! Pan ewch chi allan trwy'r ddôr yma, ffurfiwch rengoedd. Deg rheng o bump ar hugain. Ar ganiad y biwgl, ymosodwch ar garlam llawn. Dim trugaredd! Ewch!"

Agorodd y ddôr a dylifodd y milwyr allan. Unwaith yr oedden nhw y tu allan, ffurfiodd y ddau gant a hanner yn floc petryal.

Rhoddodd y capten orchymyn i bob un estyn ei reiffl. Yna tynnodd yntau ei gledd o'i wain a charlamodd i'r tu blaen i arwain y dynion. Chwifiodd ei gledd a gwaeddodd, *"Charge!"*

Ni syflodd yr Indiaid, er fod dau gant a hanner o'r Cotiau Glas yn dod yn syth amdanyn nhw. Trwy'i sbienddrych gallai

Carleton yntau weld yr Indiaid yn sefyll yn llonydd. Roedden nhw'n dal mewn hanner cylch ar gwr y goedwig. Yna rhegodd. Roedd yna symudiad yn dod o'r coed.

Holltodd yr hanner cylch yn ei ganol, ac o'r coed ar garlam daeth cannoedd o Indiaid. Y rhain oedd y llafnau ifanc yr oedd Geronimo'i hun wedi'u dewis. Pob un yn gwlffyn nobl, pob un yn farchog medrus, a phob un â thân dial yn ei fol. Nid saethau na phicellau oedd gan y rhain ond gynnau. Carlamai'r naill garfan at y llall ar ruthr gwyllt, a phan ddaethant benben â'i gilydd, datblygodd ysgarmes ffyrnig a hyll. Ond daliai'r Indiaid i ddylifo o'r coed. Rhuthrent ar hyd yr hanner cylch nes cau o amgylch y Cotiau Glas. Doedd dim dianc i fod.

Gwyddai Geronimo'n iawn nad oedd yr Indiaid cystal â'r Cotiau Glas am saethu o bell, ond wrth ymladd benelin wrth benelin, doedd dim curo ar yr Apache.

"Geronimooooooo!" llefai'r llanciau, a chodwyd ac atebwyd y waedd gan eraill. Doedd y Cotiau Glas ddim yn gyfarwydd ag ymladd fel hyn. Roedd yna ysbryd gwahanol yn yr Indiaid yma. Roedd yna dân a dial yn eu llygaid. Roedd yna haearn yn eu penderfyniad. O un i un, disgynnodd y Cotiau Glas, a thrwy'r amser daliai'r Indiaid i lefain "Geronimo!".

Ceisiodd rhai o'r milwyr ddianc yn ôl i ddiogelwch y Ffort, ond yn ofer. Wedi cwta awr o frwydro ffyrnig, roedd y llain tir rhwng y Ffort a'r goedwig yn un pwll diflas o gyrff. Dynion a cheffylau, a'u gwaed yn gymysg. Roedd yna gryn gant o Indiaid llonydd, roedd ychwaneg wedi'u clwyfo. Doedd dim un o'r Cotiau Glas yn dal ar ei draed, er fod nifer fawr yn gorwedd yn aflonydd, yn griddfan, neu yn ceisio codi.

Roedd Carleton yn gwybod mai ofer fyddai iddo geisio ymuno yn y frwydr gydag ychwaneg o ddynion. Prin hanner cant oedd ganddo ar ôl i amddiffyn y Ffort – roedd y gweddill wedi mynd i ganlyn Dicks i Geunant de Chelley. Gallai gicio'i hun am fod mor wirion â disgyn i drap yr Apache, ond doedd o erioed wedi dychmygu fod gan Geronimo y fath niferoedd y tu cefn iddo. Doedd o erioed ychwaith wedi gweld y fath ffyrnigrwydd yn eu brwydro.

Gwyliai'r Apache yn taenu cyrff eu cymrodyr meirwon yn un rhes hir, cyn eu gorchuddio â changhennau'r coed, ac yna'u tanio. Cododd arogl anhyfryd cyrff yn llosgi i'r awyr.

Yna, gan wybod fod Carleton yn gwylio pob symudiad, amneidiodd Geronimo ar ei ddynion i ddwyn arfau milwyr y Cotiau Glas i gyd. Yna, pan oedd y cyfan wedi'u casglu, gafaelodd Geronimo yn ei bicell a cherddodd ugain llath tuag at y Ffort. Plethodd blu gwynion yn ei hesgyll, a chyda hyrddiad anferth taflodd hi'n uchel i'r awyr. Disgynnodd y bicell ryw ddecllath o'i flaen, a'i phaladr yn dynn ym mhridd y ddaear. Crynodd y plu gwynion am ennyd, ac yna llonyddodd y bicell. Daliai'r plu i symud yn y gwynt.

Gwyddai Carleton mai neges iddo fo oedd hynny. Tir yr Apache oedd hwn, a doedden nhw ddim yn mynd i'w ildio heb ymladd. Roedd pwll ei stumog yn corddi. Roedd o wedi credu erioed mai mater bychan fyddai symud yr Indiaid i Bosque Redondo. Yn sicr, rhoddwyd iddo ddigon o ddynion ac arfau, ond sut ar wyneb y ddaear yr oedd ymladd gelyn oedd yn diflannu'n llwyr yn ystod y dydd ac yna'n ymddangos yn annisgwyl? Rhoddodd ei ben yn ei ddwylo. Sut ar wyneb y ddaear yr oedd o i egluro i swyddogion yn Washington iddo golli dros ddau gant o ddynion mewn un frwydr? Oedd o'n rhy feddal hefo'r Indiaid? Tybed?

Yn hwyrach y noson honno, i gyfeiliant bloeddiadau'r Indiaid carlamodd ceffyl i gyfeiriad y Ffort. Ynghlwm ar ei gefn roedd Kit Carson. Roedd ei gorff wedi'i drochi mewn gwaed – gwaed y Cotiau Glas – ac wedi'i blethu i'w wallt roedd swp o blu. Plu gwynion.

* * *

Yn systematig a bwriadol, llosgodd Dicks a'i filwyr nid yn unig ddau wersyll cyntaf y Navahos ond y prif wersyll hefyd. Yno, dymchwelwyd y tipis cyn eu pentyrru ar bennau'i gilydd a'u llosgi. Wedi llosgi'r cyfan, dechreuodd y milwyr ymosod ar y perllannau. Drwy'r dydd, bu sŵn llifio cyson tra cwympai coeden ar ôl coeden.

Fesul coeden, fesul acer, dinistriwyd y perllannau. Coed afalau ac eirin, gellyg ac eirin gwlanog. Disgynnodd y naill ar ôl y llall, ac fel y disgynnent, tywalltwyd *kerosene* ar bob boncyff a'i danio.

Drwy'r dydd fe fuon nhw wrthi. Pob milwr yn llifio am awr a gorffwyso am chwarter awr cyn dychwelyd i lifio. A hithau'n nosi, roedd arogl hyfryd llosgi coed a *kerosene* yn llenwi'r ffroenau, a chymylau duon o fwg yn codi'n uchel i'r awyr. Fel y cliriai'r mwg, roedd yn bosib gweld fod darn helaeth o waelod y Ceunant wedi'i lwyr ddinistrio.

* * *

Yn dilyn y frwydr ger Ffort Defiance, anfonodd Carleton neges yn syth at y Cyrnol Canby yn ei hysbysu o'r hyn a ddigwyddodd ac yn gofyn am ychwaneg o filwyr i atgyfnerthu'r Ffort. Rhoddodd amlinelliad manwl o'r frwydr, gan gynnwys y ffaith fod hanner ei ddynion yn ymosod ar Geunant de Chelley ar y pryd i geisio dwyn perswâd ar y Navahos i ildio.

Nid yn aml y byddai Carleton yn gwylltio, ond roedd o ar fin gwneud hynny pan ddarllenodd y neges a'r gorchmynion a gafodd gan Canby rai dyddiau'n ddiweddarach.

Roedd criw o setlwyr wedi bod yn gweld hwnnw ac yn cwyno am ddiffyg presenoldeb y fyddin ym Mynyddoedd y Chusca. Roedd yna restr o ddeugain ac un o gyrchoedd gan

Geronimo a Cochise dros yr ychydig wythnosau a aeth heibio, a theimlai'r setlwyr nad oedd y fyddin yn gwneud digon i'w gwarchod. Yn ôl Canby, roedd y fyddin yn Ffort Defiance yn methu amddiffyn ei hun heb sôn am amddiffyn setlwyr! Arwydd o arweinyddiaeth ddiffygiol oedd hynny.

Oherwydd y Rhyfel Cartref roedd hi'n amhosibl anfon rhagor o filwyr i Ffort Defiance. Fe ddylai'r catrodau oedd yno'n barod fod wedi bod yn ddigon. Byddid yn edrych yn fanwl ar yr adroddiadau o golledion y Ffort i weld a oedd angen disgyblu unrhyw swyddog neu uwch-swyddog.

Roedd Carleton i ofalu ar unwaith fod posteri a lluniau Geronimo a Cochise yn cael eu dosbarthu ym mhob pentref a thref yn hysbysu'r trigolion y byddai'r fyddin yn talu swm sylweddol pe delid neu pe lleddid y naill neu'r llall ohonynt. Doedden nhw ddim ar unrhyw gyfrif i'w trin fel Indiaid cyffredin oedd â'r hawl i gael eu cludo i Bosque Redondo.

Y gorchymyn olaf oedd bod Carleton i anfon neges at y Navahos, yn rhoi mis union iddyn nhw i ildio a dod i Ffort Defiance. Wedi'r dyddiad hwnnw roedd hawl gan y milwyr i saethu a lladd unrhyw un nad oedd wedi ufuddhau i'r gorchymyn, a'i drin fel herwr a drwgweithredwr.

Roedd Canby'n rhybuddio ymhellach, os nad oedd Carleton yn atebol i wneud y gwaith o symud yr Indiaid, a dilyn gorchmynion Washington, y byddai'n penodi rhywun arall yn ei le a fyddai'n gwneud hynny.

Am un eiliad wedi darllen y llythyr, meddyliodd Carleton am Kit Carson a'i ddadleuon o blaid yr Indiaid. Tybed nad oedden nhw fel byddin yn cael eu defnyddio gan y gwleidyddion yn Washington? Ond roedd o wedi gwneud ei orau o dan yr amgylchiadau i ufuddhau i'r gorchmynion a gawsai oddi uchod – yr ensyniadau na wnaethai hynny a'i cythruddai.

Petai'r trŵp yn llawn ganddo yn y Ffort, diau y byddai, yn

ei wylltineb, wedi eu harwain yn syth i Geunant de Chelley a chlirio'r lle unwaith ac am byth. Dangos i Canby iddo wneud cam mawr ag ef.

Bu'n camu ar draws ac ar hyd ei ystafell am amser yn darllen ac ailddarllen llythyr Canby. Yn y diwedd croesodd at y drws a'i agor a gweiddi,

"Sarjant!"

Clywodd sŵn traed hwnnw'n rhuthro at y drws, ac yna'n dod i mewn.

"Syr?"

"Ateb call rŵan, Sarjant."

Doedd hwnnw ddim yn deall.

"Ateb call, syr?"

"Petaech chi yn fy lle i y dydd y daeth Geronimo yma, fyddech chi wedi anfon y dynion allan i ymladd yn ei erbyn?"

Cuchiodd y Sarjant. Roedd mewn penbleth. Ei ymateb greddfol oedd rhoi ateb negyddol, ond doedd o ddim yn siŵr iawn pam roedd Carleton yn gofyn y cwestiwn iddo.

"Byddwn, syr."

"Pam, sarjant? Pam mentro eich dynion a chitha ddim yn siŵr iawn faint o Indiaid oedd allan yn fan'na, nac ychwaith faint o arfau oedd ganddyn nhw?"

"Indiaid gelyniaethus oedden nhw, syr. Mae'n bwysig iddyn nhw ddeall bob amser mai'r fyddin ydi ceidwaid cyfraith y wlad ac nad oes gan yr un ohonyn nhw hawl, ddim ar unrhyw adeg, i fygwth ceidwaid y gyfraith ..."

Nodiodd Carleton. Teimlai'n well yn barod.

"Diolch, sarjant."

"Syr!"

Ac aeth y sarjant allan gydag ochenaid o ryddhad iddo ddweud y peth iawn.

* * *

Roedd Barboncito wedi galw criw ynghyd i'r ogof.

Ers tridiau bu pawb yn gweld y mwg yn codi'n ddu i'r entrychion draw yn y Ceunant, ond rŵan fe gawsant gyfle i wrando unwaith eto ar stori Necwar.

"Maen nhw'n llifio pob coeden … yn dinistrio'r perllannau … Mi fuon nhw'n dymchwel tipis y prif wersyll a'u casglu ynghyd i'w llosgi. Wedyn fe ddaru nhw ymosod ar y coed."

Edrychodd Barboncito ar Haul y Bore. Doedd ganddi ddim i'w ddweud. Roedd pawb yn fud. Aeth Necwar rhagddo.

"Mi ddilynais i wagen a deg o ddynion i fyny i ben draw'r Ceunant hyd at Lyn yr Hydd a Rhaeadr y Bwrlwm. Fe fuon nhw'n cario sachau o galch, eu rhwygo, a thywallt eu cynnwys i'r afon uwch y Rhaeadr. Roedd yr afon yn newid ei lliw, a'r pysgod yn gorwedd yn farw ar yr wyneb. Taflwyd poteli o wenwyn i Lyn yr Hydd ac fe fu'r milwyr yn tanio atyn nhw a'u saethu'n deilchion a gadael i'r gwenwyn lifo i'r dyfroedd."

Unwaith eto bu distawrwydd. Roedd Haul y Bore ar dân eisiau edliw i Barboncito eu methiant i ymosod ar y Cotiau Glas, ond brathodd ei thafod. Tybed a allai ei ddarbwyllo mewn ffordd arall?

"Barboncito," meddai, "fe fydd yn rhaid i'r Cotiau Glas ddychwelyd y ffordd yma. Fedran nhw ddim mynd yn eu holau i'r Ffort heb basio heibio i ni. Beth am drefnu cawodydd o gerrig a chreigiau iddyn nhw?"

Cododd murmur o gefnogaeth iddi gan y gweddill. Nodiodd Barboncito.

"Mae Haul y Bore'n iawn," meddai. "Fedrwn ni ddim gadael i'r Cotiau Glas adael y Ceunant heb eu cosbi."

Fe fuon nhw wrthi drwy'r nos yn cario cerrig a chreigiau at geg pob ogof. Cariwyd saethau a bwâu a phicellau o'r ogof arfau a pharatowyd at yr ymosodiad ar y Cotiau Glas.

Rhannwyd y dyletswyddau ysgafnaf rhwng y merched a'r plant, tra bu'r dynion yn cario'r cerrig trymaf ac yn penderfynu pwy oedd i saethu, a phwy oedd i hyrddio cerrig.

Yn oriau mân y bore, gan nad oedd argoel fod y milwyr am basio heibio'r noson honno, rhoddodd Barboncito orchymyn i'r rhan fwyaf o'r llwyth gysgu tra bu criw bychan yn gwarchod.

Y bore wedyn gyda'r wawr, doedd dim arwydd o gwbl fod y Cotiau Glas am ddychwelyd. Roedd y Navahos yn dal i'w disgwyl. Yna, gwelsant y mwg yn dechrau codi'n gymylau trwchus unwaith eto. Roedd y Cotiau Glas yn dal i ddinistrio'r perllannau!

Am dridiau a hanner fe fuon nhw wrthi yn llifio, yn bwyellu ac yn llosgi, a chydol yr amser ni fedrai Barboncito a'r Navahos wneud yr un dim ond gwylio ac aros.

Âi Necwar yn ddyddiol allan i sgowtio ac i ysbïo ar y Cotiau Glas; byddai wedyn yn adrodd yn ôl wrth Barboncito a'r gweddill. Y pedwerydd dydd fe ddychwelodd yn gyffro i gyd. Roedd y Cotiau Glas yn paratoi i ymadael.

"Mae'r perllannau i gyd wedi'u dinistrio."

Bu distawrwydd am ennyd. Bron na ellid teimlo'r dicter yn codi ym mynwes pob un.

"Faint o amser wyt ti'n meddwl y byddan nhw, Necwar?"

"Wedi gostwng eu pebyll a phacio ... efallai awr neu ddwy."

"Pawb i'w le!" meddai Barboncito'n dawel. "A dim trugaredd iddyn nhw!"

Ymhen hanner awr roedd pob un yn barod ac yn disgwyl am y Cotiau Glas.

Roedd Dicks yn bles iawn gyda'i waith. Roedd wedi cael gorchymyn i ddinistrio'r perllannau yng Ngheunant de Chelley, ac mewn pedwar diwrnod, roedd wedi cyflawni hynny, ac wedi gwneud job dda ohoni hefyd. Go brin y gallai'r un dyn nac anifail fyw yma am amser maith eto. Ac roedd wedi llwyddo i wneud hynny heb weld yr un Indiad! Biti na fyddai wedi gweld rhyw ychydig ohonyn nhw. Byddai ysgarmes fach wedi codi calon y milwyr oedd wedi cael pedwar diwrnod digon caled o waith corfforol.

Fel y dynesai at y fynedfa i'r Ceunant, cofiodd am ei bryderon wrth ddod i mewn, a rhoddodd yr un gorchymyn i'w ddynion i ddal eu reiffls yn barod ac i wylio am unrhyw symudiad.

Craffodd am ennyd ar y creigiau, ond welodd o ddim byd allan o'r cyffredin.

Roedden nhw wedi cyrraedd hanner ffordd pan ddaeth y sgrech. Ar y dde iddynt, ymhell uwch eu pennau, fe ymddangosodd degau o'r Navahos. I Dicks, ymddangosent fel rhes o lafnau ifanc yn taflu saethau a phicellau ac yn tanio ambell reiffl atynt. Disgynnodd hanner dwsin o'i ddynion yn syth.

Ar amrantiad gorchmynnodd i'w ddynion sefyll a'u cefnau at y wal arall a ffurfio dwy res i saethu'n ddi-baid tuag at yr Indiaid. Saethodd y milwyr nes i gannoedd o fwledi dasgu oddi ar y creigiau. Erbyn hyn roedd y Navahos wedi cilio'n ôl i'r ogofâu ac yn cysgodi yno.

A dyna pryd yr ymddangosodd y gwragedd a'r plant, yn union uwchben y Cotiau Glas. Hyrddiwyd creigiau a cherrig trymion ar ben y ddwy res o filwyr a'u ceffylau.

Gwyddai Dicks yn syth ei fod wedi arwain ei ddynion i drap, ac nad oedd modd iddo ddianc ond trwy redeg. Anfonodd rai o'i ddynion draw i ochr arall y fynedfa i geisio saethu at yr hyrddwyr cerrig. Unwaith eto roedd y creigiau a'r clogwyni yn diasbedain i sŵn reiffls y Cotiau Glas.

Daliai'r cerrig a'r creigiau i ddisgyn yn gawodydd o bob ochr, a dyna pryd y penderfynodd Dicks redeg. Seiniodd y biwgl a rhuthrodd y trŵp am eu ceffylau a dechrau carlamu allan o'r Ceunant.

Diawliai Dicks ei hun a'r Navahos. Dylai fod wedi disgwyl i'r Indiaid eu taro ar y ffordd yn ôl.

Pan ymgasglodd y trŵp y tu allan i'r fynedfa, roedd deugain o'i ddynion ar goll.

Yn ôl yn yr ogofâu roedd galar ymhlith y Navahos hefyd. Roedd bwledi'r Cotiau Glas wedi profi'n angheuol. Nid fod anelu'r milwyr yn gywir, ond roedd y bwledi wedi tasgu oddi ar waliau'r clogwyn a'r ogofâu ac wedi taro'r rhai oedd yn llochesu yno. Roedd y bwledi adlam wedi lladd bron i gant o'r llwyth.

*   *   *

Pan ddychwelodd Herrero Grande, Manuelito, a'r Navahos i Geunant de Chelley roedden nhw i gyd ar dân eisiau adrodd hanes buddugoliaeth y llwythau dros y Cotiau Glas, ond suddodd eu calonnau pan welsant y difrod a wnaethpwyd i'w cartrefi a'r lladd a fu ar eu tylwyth.

Y noson honno, galwodd Herrero Grande y *ricos* i gyd ynghyd.

Erbyn hyn roedd o'n gwirioneddol amau gwerth y rhyfel oedd rhyngddyn nhw a'r Cotiau Glas, a'r dyn gwyn yn gyffredinol. Roedd ei bobl yn diodde'n enbyd ac yn debygol o ddioddef llawer mwy yn ystod y gaeaf os oedd y Cotiau Glas yn mynd i gadw i ymosod fel hyn.

Roedd yna awyrgylch marwolaeth uwch y tân y noson honno. Roedd pawb yn fud a doedd ar neb awydd siarad na dweud dim. Ond fe wyddai Herrero fod yn rhaid iddyn nhw siarad. Roedd mygu teimladau mewn distawrwydd yn creu tensiwn a gwrthdaro. Gwell oedd trin clwyf pan oedd yn ffres, cyn i'r drwg gael amser i dreiddio a setlo.

"Mae yna un peth y bydd yn rhaid i ni ei benderfynu yn ystod y dyddiau nesa," meddai wrth y lleill. "Mae'n rhaid i ni ddechrau casglu bwyd erbyn y gaea i ddechrau. Gallwn ni drafod yn ystod y gaea beth sydd i ddigwydd yn ystod y gwanwyn a'r ha nesa. Nes bydd natur wedi ail-lasu'r Ceunant, mae'n debyg y bydd yn rhaid i ni chwilio am diroedd eraill am un neu efallai ddau gynhaeaf."

"Dyna'n union y mae'r Cotiau Glas eisiau i ni ei wneud!" meddai Manuelito. "Ein hel ni o Geunant de Chelley i lawr at y Ffort i fegera! Y munud yr awn ni at y Ffort, waeth i ni dderbyn mai Bosque Redondo ydi pen draw'r siwrnai!"

"Onid ydi hi'n well i'n pobl fyw ar y Bosque na marw yma?" Armijo a ofynnodd y cwestiwn.

Roedd y tawelwch annifyr a'i dilynodd yn awgrymu fod mwy nag un yn cytuno ag o.

Pennod Chwech

Ers rhai dyddiau, buasai Chico a dau arall yn gwylio'r mynd a'r dŵad ar gyrion Albuquerque. Roedd newyddion wedi'u cyrraedd am frwydr Ffort Defiance, a rhoddodd hynny fin ar eu brwdfrydedd i lwyddo yma eto.

Roedd eu cynllun yn un syml. I Albuquerque y gyrrai'r ranshwyr mawr y gwartheg a fwydai'r fyddin, ac oddi yma, o gorlannau ar gyrion y dre, y trefnai'r fyddin i anfon y gwartheg i wahanol rannau o'r wlad. Yn ystod y nosweithiau cyn y dosbarthu, dim ond chwe milwr a warchodai gryn ddwy fil o wartheg.

Bwriad yr Indiaid oedd rhyddhau a gyrru'r rhan fwyaf o'r gwartheg i'r de trwy ganol y dre, a dwyn rhyw ddau gant iddyn nhw eu hunain a'u gyrru tua'r gorllewin. Bwriedid lladd y rheini, trin y crwyn, a chadw'r cig gyda'r stôr bwyd at y gaeaf.

Er y gwyddai bwysigrwydd y gwaith oedd o'i flaen, dyheai Chico am gael dychwelyd at Haul y Bore. Roedd yn cyfrif y dyddiau er pan ei gwelodd hi, a gwyddai y byddai'n ôl yn ei chwmni ymhen ychydig ddyddiau. Am ba hyd, ni wyddai, oherwydd roedd Geronimo wedi egluro'n fanwl iddo ei ddyletswyddau a'i gyfrifoldeb fel un, efallai, a fyddai'n arwain y llwyth un diwrnod.

Rŵan fodd bynnag, gwyddai mai'r cyfraniad mwyaf y gallai ei wneud dros barhad ei bobl oedd taro'r dyn gwyn a'r Cotiau Glas mor aml â phosibl.

Roedd yn amlwg fod y cyrchoedd cyflym yn cael effaith

uniongyrchol ar y Cotiau Glas ac ar y dynion gwyn oedd yn symud i fyw ar lannau'r Rio Grande. Eisoes roedd Geronimo a Barboncito wedi cael hwyl fawr pan welsant bosteri a'u lluniau arnynt wedi eu hoelio ar goed yma ac acw gerllaw'r pentrefi wrth odre Mynyddoedd y Chusca. Roedd y posteri yn cynnig $500 am y naill neu'r llall ohonynt, yn fyw neu yn farw.

Edrychodd Chico draw at y dref. Roedd hi'n dywyll, ac roedd y golau melyn yn wincio yn ffenestri'r salŵns a'r tai, a chodai sŵn brefu'r gwartheg uwch dwndwr y gyfeddach a glywai yn y pellter. Clywodd chwibaniad ysgafn, ac mewn chwinciad roedd Indiad yn gorwedd ar ei fol yn ymyl y tri ohonynt.

"Mae pawb yn eu lle; rydym yn ymosod heno!"

"Heno!"

Roedd cyffro yn llais Chico.

"Rŵan! Mae'r rhan fwya o'r milwyr yn y salŵns ers oriau, ac maen nhw'n bwriadu gyrru'r rhan fwyaf o'r gwartheg oddi yma yfory."

"Beth wyt ti am i ni'n tri ei wneud?"

Edrychodd yr Indiad yn hir ar Chico. Fel mab y pennaeth, y fo ddylai roi'r gorchmynion. Gwenu a wnaeth Chico.

"Paid â phoeni. Dydw i ddim yn ddigon cryf eto i arwain, ond mi fedra i farchogaeth, ac mi fedra i yrru'r gwartheg i'r gorllewin – fe fydd angen cryfder ac ystwythder cymalau i yrru'r gweddill trwy'r dre!"

"Mi anfonwn ni ryw ddau gant y ffordd yma. Fe fydd yna wyth ohonoch chi yn eu gyrru nhw, a dau sgowt yn gwylio'ch cefnau. Yr hyn y dylech ei gofio yw eu gyrru'n dawel ac yn gyflym. Un dydd o daith fydd hi; fe fydd y Chiricahuas yn mynd â nhw wedyn i Geunant yr Esgyrn Sychion – ac fe ddôn' nhw â phaciau o gig a chrwyn i Geunant de Chelley ymhen rhai wythnosau."

Gwenodd Chico arno cyn iddo lithro'n ei ôl i'r tywyllwch.

Gallai Chico weld y cysgodion tywyll yn llithro'n araf tuag at y corlannau. Yna distawrwydd, ar wahân i ambell fref. Disgwyliai Chico am y chwibaniad, ac fe ddaeth yn ddirybudd. Yn sydyn llamodd nifer o Indiaid o'r cysgodion ac ymosod ar y gwarchodwyr. Ni chodwyd yr un llef. Fesul un ac un, agorwyd giatiau'r corlannau, ac wrth weld bwlch i ddianc drwyddo dechreuodd y gwartheg symud. Cawsant eu gyrru'n araf at ei gilydd yn un gyr anferth.

Rhwygwyd yr awyr â sgrech yr Apache, a dechreuodd y gwartheg wallgofi. Taniwyd ergydion i'r awyr, ac ymhen chwinciad roedd yr anifeiliaid yn un môr aflonydd yn carlamu i gyfeiriad y dref.

"Stampîd! Stampîd!" bloeddiodd rhywun, ond boddwyd ei lais gan daran carnau'r gwartheg.

Cododd Chico ar ei union a rhedeg at ei geffyl. Dilynwyd ef gan y lleill. Roedd wedi gweld rhai o'r gwartheg yn cael eu gyrru atyn nhw. Yn gyflym ac yn ddistaw, dechreusant eu gyrru tua'r gogledd.

O'i ôl gallai Chico glywed Albuquerque yn llawn sŵn. Sŵn anifeiliaid yn rhuthro'n wyllt drwy'r strydoedd. Sŵn pobl yn rhedeg, yn rhuthro ac yn rhegi wrth geisio atal y dinistr, a sŵn Indiaid yn saethu a sgrechian wrth iddynt gynddeiriogi'r gwartheg yn eu rhuthr.

* * *

Yng Ngheunant de Chelley, roedd pethau'n ddrwg iawn. Er gwaethaf ymdrech y Navahos i lanhau'r pyllau dŵr, yr afon a Llyn yr Hydd, doedd dim posib defnyddio'r dŵr o gwbl. Roedd un ffynhonnell o fwyd – y pysgod – wedi marw i gyd. Doedd dim dewis ganddyn nhw ond cludo dŵr o flaenau'r mynyddoedd, ble cedwid eu hanifeiliaid, ond gwaith araf ac anodd oedd hynny, ac roedd cryn anniddigrwydd ymhlith y llwyth.

Armijo oedd y *rico* tanbeitiaf dros ildio, a threuliodd lawer o'i amser yn ystod y dyddiau hynny yn mynd o amgylch y *ricos* eraill yn dadlau'i achos. Gwyddai Armijo mai'r taeraf yn ei erbyn fyddai Manuelito. Roedd o ar dân eisiau gwrthsefyll y dyn gwyn, a derbyn a dioddef y gwaethaf a ddeuai i'w rhan. Ond Herrero Grande oedd y pennaeth, a'i air ef a gariai'r dydd. Gallai'r *ricos* daeru â'i gilydd hyd at daro, ond gair Herrero oedd yn cyfrif yn y diwedd.

Y noson honno, ymgasglodd y *ricos* ym mhabell y pennaeth.

"Fedrwn ni ddim gadael i'r Cotiau Glas ein trechu!" meddai Manuelito. "Rhaid i ni ddangos fod yna wytnwch a phenderfyniad yn perthyn i ni."

"Fedrwn ni ddim dal ymlaen fel hyn!" atebodd Armijo. "Mae yna aeaf caled o'n blaenau. Mae'r stôr bwyd yn wag, dydi'r tipis ysgafn sydd gennym ni ddim yn mynd i wrthsefyll gaeaf yn y Ceunant."

"Fe ddaw Chico â pheth cig i ni wedi'r ymosodiad ar Albuquerque, ac fe fydd yna grwyn gwartheg i ddiddosi'r tipis."

"Heb drwch croen, a thrymder a chynhesrwydd blew y byffalo, gaeaf oer sydd yn ein hwynebu. Hawdd ydi hi i Manuelito, fel dyn caled, ddadlau o blaid dioddef caledi, ond mae yna wragedd a phlant a hen bobl ymhlith y llwyth hefyd. Bydd yn rhaid iddyn nhwythau gael eu gwarchod rhag yr oerfel a'r newyn."

"Gallwn ni symud yr ifanc a'r hen i'r ogofâu. Gallwn ni dorri coed a'u tanio i gadw'n gynnes. Mae digon o flancedi ar gael, a bydd ein brodyr a'n cefndryd yn fodlon rhannu bwyd ..."

"Byddan nhw'n wynebu'r un gaeaf â ni Manuelito, ac fe wyddost nad oes yna anifail gwerth sôn amdano yr ochr yma i Ffort Defiance!"

"Mae Armijo'n siarad fel hen wraig ..."

"Rŵan ydi'r amser i wneud penderfyniad, Manuelito. Deufis arall ac fe fydd yn rhy hwyr. Byddwn ni'n rhy wan i gerdded i Ffort Defiance heb sôn am y daith i'r Bosque."

Aeth y dadlau ymlaen am beth amser, ac wrth weld nifer erbyn hyn yn cefnogi Armijo, gwnaeth Manuelito un ymgais arall i ennill y ddadl. Cododd ar ei draed, ac yn araf troes mewn cylch crwn cyfan gan edrych ar bob un *rico* yn ei dro.

"Ble mae'n hysbryd ni? Ble mae'r haearn sydd yn ein hasgwrn cefn? Ble mae'r gwaed coch sy'n llifo trwy'n gwythiennau? Rydan ni'n sôn am gefnu ar ein gorffennol. Mae popeth sydd yn annwyl i ni, popeth sydd yn perthyn i ni yma, yng Ngheunant de Chelley! Mae'n pobl wedi dod wyneb yn wyneb â chaledi o'r blaen! Nid hwn yw'r tro cynta, ac nid hwn fydd y tro ola. Ond mi ddyweda i un peth, os gadawn ni Geunant de Chelley, welwn ni fyth mohono eto. Mi ddaw'r dyn gwyn a dwyn y tir. Bydd ei gabanau pren a'i anifeiliaid yn llenwi'r Ceunant, a bydd popeth a roddwyd i ni gan ein cyn-deidiau wedi'i chwalu mewn ychydig amser – am nad ydan ni'n ddigon o ddynion i ddweud 'NA'!"

Edrychodd unwaith eto ar bob un yn ei dro. Syllodd i fyw eu llygaid, ond doedd yna ddim fflam na thân yn yr un ohonynt. Ymbiliodd ar Herrero.

"Herrero, fedrwn ni ddim ildio! Fedrwn ni ddim!"

O'r tu allan i'r babell clywyd sŵn. Rhuthrodd un o'r gwarchodwyr i mewn.

"Chico a'r ymosodwyr! Maen nhw'n eu holau!"

Rhuthrodd pawb allan i groesawu'r llanciau, ond pan ddaethant yn nes gwelwyd ar unwaith fod golwg druenus arnynt. O'r deugain a ddychwelodd, roedd deuddeg wedi'u clwyfo – tri yn ddrwg – ac roedd cadach gwaedlyd am dalcen Chico. Aeth i babell y pennaeth, at y *ricos*, i adrodd ei stori.

"Fe fu'r ymosodiad yn llwyddiannus," meddai "ac fe lwyddwyd i droi tua dau gant o'r gwartheg tua'r gorllewin. Mi fuon ni'n eu gyrru'n galed drwy'r nos ac am rai oriau'r bore canlynol, ond fe ddaeth patrôl y Cotiau Glas ar ein traws. Pan ddechreuodd y milwyr danio, bu'n rhaid i ni adael y gwartheg a chwilio am gysgod i amddiffyn ein hunain, ond fe gafodd y Cotiau Glas y llaw uchaf. Bu'n rhaid i ni ffoi. Wrth ddychwelyd, fe ddaethon ni ar draws gweddill y Navahos oedd ar eu ffordd adref o Albuquerque. Fe gollodd y Navahos dri ar hugain o ddynion yn y cyrch i gyd."

"A'r gwartheg?" holodd Armijo. "Ble mae'r gwartheg?"

"Ar y ffordd yn ôl i Albuquerque."

Bu pawb yn dawel am ennyd. Ysgwyd ei ben a wnaeth Herrero.

"Mae'r cyfan y mae Manuelito wedi'i ddweud yn wir," meddai, "ond weithiau mae'n rhaid ildio i atgyfnerthu. Rydw i erbyn hyn yn hen ŵr, ac efallai yn wir pe bawn i'n ieuengach, mai gwahanol fyddai fy mhenderfyniad. Fe fydd Manuelito un dydd, efallai, yn bennaeth ar y llwyth, a dyna pam mae'n rhaid iddo fod yn gryf, a derbyn fy mhenderfyniad i."

"Fedri di ddim ildio, Herrero! Fe ymosodwn ni ar Ffort Defiance eto os bydd rhaid! Ychydig amser yn ôl, fe drechwyd y Cotiau Glas! Gall hynny ddigwydd eto!"

"Dyna'r ddau ddewis sydd yna, Manuelito. Ymosod, neu ildio. Edrych o gwmpas y gwersyll yma? Beth weli di? Weli di ddynion ifanc, heini, cryf yn ysu am ymladd? Weli di *ricos* yn barod i'w harwain?"

"Fe'u harweinia i nhw!"

"Ac os cei di dy drechu, ac efallai ddau neu dri chant o'n dynion ifanc eu lladd, ble byddwn ni wedyn?"

"Fe fydd Geronimo, Cochise a'r llwythau eraill gyda ni."

"Rwyt ti'n dadlau'n ofer, Manuelito."

"Herrero! Rwyt ti am ildio?" Roedd yna anghrredinedd yn llais Chico.

"Chico!"

Manuelito a dorrodd ar ei draws. Er y gwyddai y byddai'n gefn iddo mewn dadl, nid lle Chico oedd siarad mewn cyfarfod o'r *ricos*.

Synhwyrodd Chico'n syth y dadlau oedd yn digwydd, ac anwybyddodd gerydd Manuelito.

"Cynllwyn i'n difa ni ydi'r sôn am symud y llwythau i'r Bosque! Wyt ti ddim yn gweld, Herrero? Tra ydyn ni'n dal ar ein tiroedd ein hunain, rydyn ni'n rhy gryf i'n trechu, ond pan fyddwn ni wedi'n corlannu fel gwartheg, byddwn yn wan ac yn hawdd ein trechu."

"Rydw i'n maddau i ti dy ieuenctid, Chico, ac yn edmygu dy ddewrder, ond rhaid i mi wneud penderfyniad dros fy mhobl. A 'nheimlad i ydi, os awn ni i'r Bosque, y cawn ni gyfle yno i atgyfnerthu. Fe gawn ni gyfnod o heddwch, a chyfle i gynllunio at y dyfodol."

"Fydda i na Haul y Bore ddim yn dod!" meddai Chico.

Cododd Herrero ei ben yn gyflym ac edrychodd ar Manuelito.

"Manuelito?"

"Yn nhraddodiad y Navahos mi fydda i gyda thi Herrero. Er 'mod i'n wyllt yn erbyn dy benderfyniad, er 'mod i'n credu mai camgymeriad yw, mi fydda i'n aros gyda 'mhobl. Rhaid i ti faddau i Chico am siarad fel y gwnaeth yng nghyfarfod y *ricos*, ond mae hawl ganddo i siarad dros Haul y Bore. Er mai Navaho yw hi, Apache yw ei gŵr, ac mae fy hawl i fel ei thad wedi fy ngadael pan briododd hi â Chico."

"Fydda i na Haul y Bore ddim yn dod," ailadroddodd Chico. "A fydd yr Apache fyth yn ildio mor rhwydd â hyn i'r dyn gwyn!"

A chyda hynny o eiriau, aeth o'r babell i chwilio am Haul y Bore.

Camodd Herrero at Manuelito. Gafaelodd am ei freichiau.

"Fe fyddi di'n bennaeth ryw ddydd, Manuelito, ac mae dy

deyrngarwch i'r llwyth i'w ganmol. Saith niwrnod o heddiw, byddwn ni'n mynd i Ffort Defiance i siarad, ond hyd y dydd hwnnw, ac i'n paratoi at y dyfodol, ni fydd yr un *rico* yn cymryd bwyd. Fe yfwn ni ddŵr yn unig, a rhannu'n dogn bwyd rhwng y plant."

*   *   *

Gwawriodd diwrnod oer arall ar Ffort Defiance ac roedd yr wyth gwyliwr a gerddai waliau'r Ffort yn stampio'u traed ar y coed i geisio'u cadw'n gynnes. Curiadau cyson eu traed a gweryriad ambell i geffyl oedd yr unig sŵn a ddeuai o'r Ffort mor gynnar â hyn yn y bore. Yna'n sydyn, roedd un o'r gwylwyr wedi gweld rhywbeth, ac yn pwyntio at y mynyddoedd.

"Marchogion! Marchogion yn dod!" Yna ychwanegodd y gwyliwr a'i lais yn llawn cyffro. "Indiaid! Indiaid yn dod!"

Ar unwaith seiniodd biwgl, a daeth Ffort Defiance yn fyw. Heidiodd milwyr yn eu dwsinau o'r barics – rhai ar hanner gwisgo – gan ruthro am eu ceffylau. Ymhen ychydig funudau roedd trŵp o gant yn barod i ruthro allan i wynebu unrhyw ymosodiad.

Ar y wal roedd Carleton a Kit Carson yn syllu tuag at y smotiau oedd yn dynesu.

"Dim ond dwsin sydd yna, syr, a dw i'n credu mai Herrero Grande a Manuelito yw'r ddau sy'n arwain."

Aeth hanner munud arall heibio cyn i Carson weiddi.

"Baner wen, syr! Mae Herrero yn cario baner wen!"

Daeth cysgod o wên dros wyneb Carleton. O'r diwedd roedd o wedi llwyddo. Roedd y misoedd o wasgu, o ymladd, o losgi, o ddifa ac o ddinistrio wedi dwyn ffrwyth. Ac roedd yna ddiweddglo buddugoliaethus iddo er gwaetha'r frwydr a'r colledion a ddioddefasai.

Chwarter milltir o'r Ffort arhosodd yr Indiaid. Gwyliodd

Carleton Herrero Grande yn codi'i bicell a'i faner wen ac yn ei chwifio dair gwaith uwch ei ben.

"Dos i'w gyfarfod, Kit. Dim addewidion ar hyn o bryd, dim ond yr hawl i ddod i'r Ffort yn ddidramgwydd."

"Ac i adael yn ddidramgwydd hefyd, syr?"

Roedd yna rywbeth yn agwedd Carson oedd yn dân ar groen Carleton. Roedd o fel petai'n amau popeth a ddywedai ei bennaeth. Edrychodd arno.

"Ie, ac i adael yn ddidramgwydd os ydyn nhw'n dymuno hynny."

Agorwyd drysau'r Ffort a charlamodd Kit Carson tuag at yr Indiaid. Pan oedd o fewn hanner can llath iddynt, arafodd ei geffyl a chododd ei law dde mewn ystum o heddwch. Cerddodd y ceffyl yn araf at yr Indiaid. Cafodd Carson sioc pan welodd yr olwg oedd arnynt. Roedd Herrero Grande wedi troi'n hen ddyn bach, crebachlyd, ac roedd olion newyn ac oerni ar Manuelito, Barboncito a'r gweddill.

Nodiodd Carson yn gyfeillgar ar Herrero a'i gymell i ddechrau siarad. Gwyddai na fyddai hynny'n hawdd, gan fod y Navahos yn frid balch. Dechreuodd Herrero.

"Mae'r Taflwr Rhaffau yn gwybod am y dinistrio a fu yng Ngheunant de Chelley – yn wir fe fu'n rhan o'r dinistr hwnnw ..."

Oedodd Herrero i'r ergyd gyrraedd gartref. Derbyniodd Carson hi. Aeth Herrero ymlaen.

"Wedi i'r Cotiau Glas losgi'n cartrefi, fe fuom yn brysur yn eu hail godi ble gallem, ac yn tyllu'r ddaear i gael lloches am y gaeaf. Fedren ni ddim dod â'n hanifeiliaid yn ôl i'r Ceunant am fod y dŵr wedi'i lygru. Bu'n rhaid i'r Navahos fyw heb ddŵr pur. Erbyn hyn mae'r storfeydd bwyd yn wag, gweddill ein hanifeiliaid yn marw o ddiffyg gofal a newyn, a'r hen bobl a'r plant yn llefain am fwyd."

"Beth felly ydi penderfyniad Herrero a'r *ricos*?"

Manuelito a'i hatebodd.

"Mae mwyafrif y *ricos*, ond nid pob un, yn derbyn y bydd yn rhaid i'r Navahos symud i'r Bosque Redondo."

"Ydi Manuelito'n derbyn hyn?"

Ysgydwodd ei ben cyn ateb.

"Un *rico* ydi Manuelito, ond mae gwrando wylo plant a gweld cyrff crynedig ein hen bobl wedi meddalu calonnau, ac wedi llywio penderfyniad y llwyth." Trawodd ei frest yn galed â'i ddwrn cyn ychwanegu, "Yma mae Manuelito'n wylo, ac yma mae Manuelito'n crynu. Nid mewn unrhyw le y gall y Taflwr Rhaffau na'r Cotiau Glas weld hynny."

Nodiodd Carson. Doedd o ddim am edliw i Manuelito'i falchder. Roedd yn amlwg bod rhwyg yn y llwyth ynglŷn ag ildio a derbyn y dynged o fynd i fyw i'r Bosque. Baciodd Manuelito fymryn. Roedd wedi dweud ei ddweud a doedd o ddim am fod yn rhan o unrhyw drafodaethau pellach. Herrero a Barboncito fyddai'n arwain o hyn ymlaen.

"Beth fydd trefn y Cotiau Glas?"

"I ddechrau, bydd yn rhaid symud i lawr yma at y Ffort. Pa mor fuan bydd y Navahos yn fodlon symud?"

"Fe gaiff ein pobl fwyd a lloches?"

"Fe fydd yn ddyletswydd ar y Cotiau Glas i fwydo pawb nes y byddwch wedi cyrraedd y Pecos. Wedi hynny byddwch yn derbyn popeth o Ffort Sumner."

"A lloches?"

"Fedra i ddim dweud heb siarad â Carleton, pennaeth y Cotiau Glas yn y Ffort. Os yw Herrero a'r Navahos am wybod telerau ildio, rhaid iddyn nhw ddod hefo fi i'r Ffort. Efallai y byddai'n well i Barboncito a Herrero ddod i siarad ..." Wrth weld wyneb Manuelito'n newid brysiodd i ychwanegu, "Mae Pennaeth y Cotiau Glas wedi addo'r hawl i chi i ddod i'r Ffort i siarad ac i adael wedyn, ond wnâi o ddim drwg i'r pennaeth wybod fod *rico* o galibr Manuelito yn dal i fod y tu allan ..."

Gwenodd Herrero, a Manuelito hefyd. Efallai fod y Taflwr Rhaffau yn elyn caled a pheryglus ond roedd yna haearn yn ei eiriau ac roedd o hefyd newydd awgrymu iddyn nhw sut i fynd i drafodaeth gyda Carleton mewn sefyllfa o gryfder. Drwy awgrymu iddo fod rhwyg ym mhenderfyniad y *ricos*, byddai Carleton yn ildio fymryn. Fe fyddai o'n awyddus i'r llwyth cyfan ddod i mewn. Y peth olaf oedd ar Carleton ei angen oedd *renegades* y tu allan.

Trodd Carson ei geffyl a dychwelodd i'r Ffort. Cyn iddo gyrraedd y drysau roedd Herrero a Barboncito yn ei ddilyn.

Bu'r trafodaethau rhwng Carleton a'r Navahos yn galed. Mynnai Carleton dri pheth.

Yn gyntaf, bod yn rhaid i bob Navaho ildio, hyd yn oed y rhai oedd yn ymladd gyda Geronimo a Chico. Dadleuai Herrero a Barboncito nad oedd ganddyn nhw reolaeth dros y rheini o gwbl. Doedden nhw ddim wedi dod ar gyfyl y llwyth ers misoedd.

Yn ail, nad oedd yr un arf i'w gadw gan yr Indiaid. Roedden nhw i ildio pob bwa, saeth, picell a chyllell. Wedi peth dadlau cytunodd Herrero a Barboncito. Er nad oedd yr un Navaho gwerth ei halen yn teimlo ei fod wedi ei wisgo'n iawn heb gyllell yn ei felt, doedd hi ddim yn mynd i fod yn anodd iawn eu cuddio, neu lunio neu ddwyn ychwaneg.

Yn drydydd, mynnai Carleton fod y llwyth yn symud ar unwaith i gysgod un o waliau'r ffort, ond roedd yn rhaid i'r *ricos* ddod i'r Ffort pan ddechreuai nosi, ac ni chaent adael nes y byddai wedi gwawrio. Gwyddai Carleton o brofiad mai adar y nos oedd yr Indiaid, ac mai yn ystod oriau'r gwyll y byddai unrhyw beth nad oedd y milwyr i fod i'w weld yn digwydd. Ildiodd y Navahos i hyn hefyd.

Yn wir teimlai Herrero a Barboncito mai ychydig iawn y bu'n rhaid iddyn nhw ei ildio.

Ar derfyn y cyfarfod gorchmynnodd Carleton i Carson drefnu i lwytho llond dwy wagen o fwyd a nwyddau i'r

Navahos fynd gyda nhw i Geunant de Chelley fel arwydd o ewyllys da.

Ymhen deuddydd fe fyddai Carson yn arwain trŵp o filwyr i'r Ceunant i hebrwng y llwyth i'r Ffort.

* * *

Teimlai Chico ei fod wedi cryfhau digon i ddychwelyd at Geronimo, ac roedd o'n paratoi i adael Ceunant de Chelley. Er y mynych ddadlau a fu rhyngddo a Manuelito a Haul y Bore, daethai i'r casgliad mai doethach fyddai gadael ei wraig yng ngofal ei llwyth.

"Mi ddof i'th weld cyn i chi gychwyn am y Bosque," meddai.

"Byddwn yn cael ein gwarchod."

"Mi ffeindia i fy ffordd atat ti!"

Gwenu a wnaeth Haul y Bore.

"Bydd y dyddiau a'r nosweithiau yn rhai hirion."

"Fydda i ddim ymhell. Cuddio yn o agos i'r Ffort ydi bwriad Geronimo am y rhan fwya o'r gaea, gan ddwyn gwartheg fel y bydd eu hangen arnom."

"Fe wyddost fod yna griw o'r rhai ifanc yn sôn am adael y Ceunant cyn y mudo? Eu bwriad yw symud yn uchel i'r mynyddoedd a sefydlu gwersyll yno dros y gaea."

"Fe fydd yn aea hir, oer, a newynog iddyn nhw." Yna, gwawriodd ar Chico pam y dywedasai Haul y Bore hynny wrtho. "Dwyt ti ddim ar fwriad ymuno â nhw?"

"Wnaiff Manuelito ddim caniatáu hynny. Mae o a Herrero wedi rhoi sêl eu bendith arnyn nhw, cyhyd â'u bod i gyd yn barau, ac yn ddi-blant. Heb *rico* hŷn i fod yn bennaeth arnyn nhw, mae'n ofni mai trwbwl fydd 'na."

"Faint sy'n gadael?"

"Deugain ar y mwya. Maen nhw'n sôn am gyrchu tua godre Mynydd y Sêr."

"Dyw mynyddoedd ucha'r Chusca ddim yn lle braf i dreulio'r gaea."

"O leia fe fyddan nhw'n bell o afael y dyn gwyn!"

Bu'r ddau'n dawel am ysbaid.

"Os bydda i'n mynd i'r Bosque, pryd gwela i di nesa?"

"Geronimo ac Usen ŵyr hynny. Mae o'n dal yn ffyddiog y bydd y dyn gwyn yn rhoi llain o dir nid nepell o Ffort Defiance i'r Indiaid. Pe bai hynny'n digwydd, mi ddeuwn i'th nôl di ar unwaith."

"A beth pe na bai hynny'n digwydd?"

"Mi ddof i'th nôl ... ryw ddydd."

* * *

Roedd y wawr ar dorri ac er bod ei lygaid ynghau, gwyddai Kit Carson yn iawn ei bod yn amser codi. Doedd o ddim wedi cysgu llawer yn ystod y nos. Bu'n troi a throsi ers oriau – bu'n arogli gweddillion y tân oedd yn dal i fudlosgi'n araf bach; bu'n syllu tua'r sêr yn ceisio'u cyfrif ac ar ôl methu, eu llunio'n batrymau; bu'n gwrando ar bob smic a ddeuai o'r coed ac ar bob gweryriad a ddeuai o gyfeiriad y ceffylau, a chlywsai'r gwarchodwyr yn newid shifft bob dwy awr. Ond methai'n lân â gollwng ei hun i gysgu.

Edrychodd draw at y rhesi o filwyr a orweddai'n dawel a di-hid ryw ganllath oddi wrtho. Doedd dim argoel fod yr un ohonyn nhw awydd deffro, ac eto ymhen chwarter awr, byddai'r gwersyll yn llawn berw a chyffro. Ai felly tybed yr oedd hi bum milltir draw yng Ngheunant de Chelley?

Caeodd ei lygaid a cheisiodd ddychmygu'r olygfa oedd yno. Y bore hwn fyddai'r olaf i'r Navahos wneud popeth ar eu tiroedd eu hunain. Y tro olaf iddyn nhw ddeffro; y tro olaf iddyn nhw frecwasta; y tro olaf iddyn nhw ymolchi, pacio, llwytho ... a'r cyfan yn enw cynnydd.

Pan seiniodd Corn y Codi, yn araf y dadebrodd y milwyr. Doedd dim cyffro na chnoi ym mhwll y stumog. Dim diwrnod brwydr oedd hwn, ond diwrnod hebrwng mil o Indiaid i Ffort Defiance yn gyntaf, cyn eu cerdded i Ffort Sumner ac i'r Bosque.

Galwodd Carson ei swyddogion ynghyd a gorchmynnodd iddynt fod yn barod ymhen yr awr. Doedd o ddim am iddyn nhw ddod i fyny i Geunant de Chelley; fe âi yno'i hun. Rhywsut teimlai y byddai'n fwy urddasol i'r Navahos adael dan eu pwysau eu hunain. Gwyddai'n iawn y gallai presenoldeb y milwyr gorddi ambell un o'r penboethiaid ifanc.

A'i galon yn drom, esgynnodd Kit Carson i'w gyfrwy. Roedd o'n ymwybodol iawn ei fod ar fin cychwyn rhywbeth yr oedd yn gas ganddo'i wneud. Am eiliad, roedd yn difaru iddo gytuno â chais Carleton. Suddodd ei sbardun yn greulon yn asennau'i geffyl a charlamu i gyfeiriad Ceunant de Chelley.

Roedd Manuelito a'r llwyth i gyd yn sefyll yno'n dawel yn aros amdano. Roedd y crwyn wedi'u tynnu oddi ar y tipis a'u pacio'n ofalus, ond roedd ysgerbydau'r coed yn dal i sefyll. Crychodd Carson ei lygaid wrth nesáu. Roedd o wedi disgwyl i'r lle fod fel cwch gwenyn – pawb yn brysur yn paratoi, yn llwytho, yn pacio a chlymu, ond na ... Safai pob un fel delw ger ei geffyl, ei asyn a'i geriach. Roedd pawb yn barod ers oriau. Roedd yna dawelwch hyll yn teyrnasu dros y Ceunant. Mil o bobl yn sefyll yn llonydd ac yn fud, a dim yn tarfu ar y tawelwch ond rhoch a gweryriad ambell geffyl, a chyfarthiad ambell gi digywilydd, ac roedd o, Kit Carson, yn marchogaeth i'w plith i'w hannog i adael eu tiroedd. Eu hannog tua'r man gwyn man draw. Fel yr âi yn nes atynt, teimlai Carson mai fo ei hun oedd angau, yn cripian i fyny'r dyffryn i gipio'r Navahos o'u cynefin. Y fo oedd yn gyfrifol. Y fo oedd yr un a losgodd eu cnydau – roedd o'n rhan o'r chwalu a'r dadfeilio yma. Y fo fu'n cynllwynio i ddifa'u cynhaliaeth a'u diwreiddio. Y fo oedd yn gyfrifol am y dagrau a lifai i lawr gruddiau'r merched a'r dynion a rythai arno'n awr. Na! Nid rhythu roedden nhw. Roedd eu llygaid yn ei dyllu wrth iddo basio heibio iddynt. Roedd yna ddigofaint dwfn a chasineb pur yn eu hedrychiad.

Fedrai o ddim cael gwared â'r teimlad. Roedd yna rywbeth rhyfedd ac ofnadwy yn digwydd yng Ngheunant de Chelley y bore hwn. Roedd yna rywbeth yn darfod, ac roedd o Kit Carson yn rhan o hynny.

Edrychodd Manuelito'n hir arno pan gyrhaeddodd Carson weddillion cartrefi'r penaethiaid. Cyfarchodd y *ricos* oll, Herrero, Barboncito, Armijo ... Syllodd pob un arno, a syllodd yntau'n ôl ar y llygaid duon am ennyd ac yna ildio.

"Barod?"

Nodiodd Herrero cyn carlamu yn ei flaen heb air pellach. Troes ei geffyl i wynebu'r llwyth a chododd ei law. Roedd am ddweud gair cyn gadael. Symudodd pawb ymlaen i wrando arno.

"Heb fwyd, fedrwn ni ddim gweld gwanwyn arall i hau, fedrwn ni ddim gweld haf arall i borthi, fedrwn ni ddim gweld hydref arall i fedi ... am hynny, mae amgylchiadau yn ein gorfodi i adael ein tiroedd. Am mai Herrero a'ch cynghorodd i adael, mae'i galon o'n drwm iawn."

Roedd Herrero dan deimlad ac yn methu siarad. Ond nid felly Manuelito. Anogodd ei geffyl at geffyl y pennaeth.

"Mae calon pob Navaho yn drwm heddiw wrth adael Ceunant de Chelley, ac mae calon Manuelito'n gwaedu. Yma y gwelodd o wyneb Haul y Bore'n chwerthin am y tro cynta."

Closiodd ei geffyl at geffyl ei ferch a rhoddodd un fraich amdani. Â'i fraich arall pwyntiodd at Kit Carson. Erbyn hyn roedd ei lais yn crynu dan emosiwn.

"Yr hyn a wnaeth y dyn gwyn i Haul y Bore, fe wnaeth hynny â'n tiroedd hefyd! Usen a roddodd i ni'r ddaear hon, ac ni ddaw dim da i neb sy'n dwyn ein tiroedd. Ond mae

Manuelito am ddweud un peth cyn gadael. Nid yw'r Navahos yn gadael y tiroedd yma am byth. Fe ddown yn ôl!"

Craciodd ei lais a chododd bloedd neu ddwy o blith y dorf.

"Efallai nad Manuelito fydd yr un i'ch arwain, ond ryw ddydd fe ddychwelwn. Tra bo un Navaho yn anadlu ac yn siarad ein hiaith bydd ein llwyth byw!"

Yna amneidiodd ar i bawb gychwyn. Fesul un ac un cychwynnodd y llwyth ar eu taith tua Ffort Sumner. Am hanner awr bu Manuelito'n gwylio'i bobl yn pasio heibio iddo. Pob un â'r oll a feddai ar ei gefn neu ar gefn ei geffyl. Safodd Carson o hirbell yn gwylio. Roedd pawb yn gadael yn ufudd, ac roedd pawb yn fud.

Aeth hanner awr arall heibio cyn i'r rhai olaf ddechrau symud, a dyna pryd y dechreuodd y sgrechian o gwr y coed. Sythodd Carson a Manuelito ar unwaith pan glywsant y sŵn, a chan ysbarduno'u ceffylau, carlamodd y ddau tuag at y fan o'r lle y dôi'r gweiddi.

Roedd dwy hen wraig yn eistedd wrth fôn coeden, ac wedi colli arnynt eu hunain yn lân. Roedd y ddwy yn cydio'n dynn yn y goeden ac yn sgrechian eu hanfodlonrwydd i adael. Roedden nhw'n cofleidio'r goeden fel hen ffrind a'u bochau'n dynn wrthi. Roedden nhw'n rhwbio'u breichiau yn erbyn y rhisgl garw ac yn tynnu gwaed.

"Ewch!" gwaeddodd Manuelito ar nifer o'r llwyth oedd wedi aros i edrych. "Ewch! Mi ddown ni ar eich holau!"

Yn anfodlon ac yn dawel y gwrandawsant ar Manuelito. Disgynnodd yntau oddi ar ei geffyl ac aeth at y gwragedd. Pan welodd Carson yn gwneud hynny hefyd, sgwariodd o'i flaen a dywedodd,

"Dos! Ein tir ni ydi hwn nes bydd y Navaho ola wedi'i adael! Fe ddylet ti o bawb barchu hynny!"

Gwyddai Carson nad oedd pwrpas iddo wneud na dweud yn wahanol. Roedd Manuelito'n arweinydd balch. Esgynnodd i'w gyfrwy, ac yn araf tuthiodd oddi yno ar ôl yr olaf o'r Indiaid. Nid edrychodd yn ôl o gwbl. Ddim hyd yn oed pan glywodd y sgrechiadau mwyaf dirdynnol yn atseinio o'r tu ôl iddo.

Roedd Manuelito'n rhy hwyr i'w hatal. Pan adawodd Carson, trodd yn ôl i fynd at y gwragedd. Roedd o am geisio ymresymu â nhw, ond roedd o'n rhy hwyr. Wrth ei weld yn troi, gollyngodd y ddwy eu gafael yn y goeden a chan ddal eu breichiau gwaedlyd o'u blaenau dechreuasant edliw iddo. Am ennyd safodd Manuelito'n ddiymadferth; doedd o ddim yn siŵr beth oedd eu bwriad. Yna'n sydyn gwawriodd arno. Ond roedd hi'n rhy hwyr. Estynnodd y ddwy gyllyll o blygion eu dillad.

"Gwell angau na chywilydd!" ysgyrnygodd un cyn gwthio'r gyllell i'w mynwes. Disgynnodd yr ail ar ei chyllell hithau. Pan afaelodd Manuelito ynddynt roedd hi'n rhy hwyr. Yn rhy hwyr.

Cododd Manuelito'i ben a rhythu i'r nen. Roedd o'n disgwyl arwydd gan Usen. Unrhyw arwydd o gwbl i ddangos iddo fod y llwyth wedi gwneud y peth iawn yn ildio. Ond ddaeth yna ddim. Yn sydyn roedd llond ei galon o ddicter. Dicter tuag at y dyn gwyn am yr hyn a wnaethai a dicter tuag ato'i hun am fethu amddiffyn ei bobl.

Edrychodd i lawr y ceunant. Gallai weld yr olaf o'r Navahos yn glir yn nadreddu'u ffordd yn araf yn eu blaenau. Nid gydag awch a her y cychwyn, ond gydag ofn yr anhysbys. Mynd yn rhes. Mynd yn gynffon ufudd i'r Cotiau Glas. Mynd fel ŵyn i'r lladdfa. Y Cotiau Glas yn arwain, a Carson, y Taflwr Rhaffau, y gŵr y rhoddodd ei lwyth loches a nodded iddo – hwnnw – yn eu gyrru o'r tu cefn.

Edrychodd i lawr unwaith eto ac aeth pethau'n drech nag o. Syrthiodd, a chofleidiodd y ddau gorff llonydd. Wylodd a nadodd. Sgrechiodd ei ddigofaint dros gyrff y gwragedd. Estynnodd ei ddwylo a'u trochi yn eu gwaed. Cododd ar ei ddau ben-glin ac edrychodd ar ei ddwy law rudd. Roedd haearn yng ngwaed y gwragedd hyn. Hen haearn y Navahos.

"Dial!" sibrydodd yn ffyrnig. "Bydd Manuelito'n dial am hyn!"

* * *

Pan ddychwelodd Chico i Fynyddoedd y Chusca, ni fu'n hir cyn dod ar draws gwersyll Geronimo. Dywedodd wrtho am benderfyniad Herrero Grande i ildio. Ysgwyd ei ben a wnaeth Geronimo.

"Paid â gweld gormod o fai ar Herrero. Meddwl am ei bobl y mae o."

"Ond fyddai'r un pennaeth o lwyth yr Apache yn ildio fel y gwnaeth o! Cael ein trechu a'n gorfodi i fynd i'r Bosque a wnaeth ein pobl ni. A hyd yn oed wedyn fe lwyddodd dau gant ohonon ni i ddianc a byw fel *renegades*! Ac rydyn ni'n dal i wneud hynny!"

"Wnawn ni ddim dal trwy'r gaeaf yn byw fel *renegades*, Chico. Bydd yn rhaid i ni gael camp sefydlog. Fedrwn ni ddim chwarae mig â'r Cotiau Glas trwy'r eira."

"Beth yw bwriad Geronimo, felly?"

Estynnodd Geronimo ei fys a phwyntio i'r de.

"Mecsico. Mynd i dreulio'r gaeaf gyda'n cefndryd y Nedni."

"Gadael i'r dyn gwyn feddiannu'n tiroedd?"

"Bydd ein tiroedd yn dal yma yn y gwanwyn."

"Ac fe gaiff y dyn gwyn aeaf cyfan o lonydd i ymsefydlu?"

"Mi ddown ni'n ôl, Chico, ac mi grëwn y fath hafog na welodd y dyn gwyn erioed mo'i debyg!"

Bu Chico'n dawel am ennyd. Roedd ei feddwl yn ôl yng Ngheunant de Chelley. Gyda Haul y Bore. Os nad oedd ym mryd a bwriad Geronimo i ymladd yn ystod y misoedd nesaf, ond yn hytrach i symud i'r de o'r Sierra Madre i aeafu, gallai

Haul y Bore ddod gyda nhw.

"Fe arhosodd Haul y Bore gyda'i phobl, gan gredu mai byw fel herwr y byddwn i drwy'r gaea."

"Efallai mai gyda'i phobl y mae'i lle hi."

"Hefo fi mae'i lle hi!"

"Ddim y dyddiau yma! Nes bydd hi wedi cryfhau rhaid iddi gael lloches llwyth."

"Mae'n ddyletswydd arna i ei gwarchod!"

"Yma mae dy le di, nid yn nych fagu dy wraig! Fe fyddi di'n bennaeth un dydd, a rhaid i ti ddysgu meddwl fel pennaeth."

"Dyna ydw i'n ei wneud! Meddwl fel pennaeth! Os na fydda i'n cyd-fyw â 'ngwraig, pwy ddaw yn bennaeth ar fy ôl i? Ydi Geronimo am ildio arweinyddiaeth y llwyth i linach arall?"

Gwenu a wnaeth Geronimo. Roedd y llanc yn siarad fel dyn. Rhoddodd ei law ar fraich ei fab.

"Dos i'w nôl hi, Chico. Os na fyddwn ni'n dal yma pan ddoi di'n ôl, byddwn wedi mynd tua'r de."

* * *

"Maen nhw'n dod!"

Y gwyliwr ar y tŵr a waeddodd y geiriau, a chyn pen dim roedd eco'i waedd wedi cyrraedd swyddfa Carleton. Rhedodd hwnnw i ben wal y Ffort i wylio'r Navahos yn cael eu tywys tuag at y Ffort.

"Mae o wedi llwyddo!" sibrydodd yn llawn cyffro wrth Dicks. "Mae Carson wedi llwyddo! Mae o'n arwain y cyfan yma!"

"Llond gwlad o drafferth, syr, os gofynnwch i mi!"

Anwybyddodd Carleton ei eiriau.

"Y Navahos ydi'r ola! Mae'r lleill yma. Dim ond *renegades* yr Apache eto! Byddwn yn barod i'w symud i gyd wedyn."

"Be wnewch chi â'r rhain, syr?"

"Eu cadw yma hefo'r lleill nes daw gair o Washington."

"Yma?"

"Ie, pam?"

"Pwy sy'n mynd i fwydo'r holl Indiaid yma?"

"Ni, Dicks! Ti a fi!"

Pan ddaeth y llwyth yn nes, gwelodd Carleton un gŵr yn ysbarduno'i geffyl ac yn carlamu tua'r Ffort. Kit Carson. Rhedodd Carleton i lawr o ben y mur ac aeth allan i'w gyfarfod.

"Llongyfarchiadau!" rhuodd tuag ato gan estyn ei law. Anwybyddodd Carson y llaw agored.

"Dilyn fy ngorchmynion, syr."

Synhwyrodd Carleton ar unwaith fod rhywbeth o'i le.

"Unrhyw drafferth?"

Ysgydwodd Carson ei ben.

"Gafodd rhywun ei ladd?"

"Llofruddiwyd dwy hen wraig, syr!"

Cododd Carleton ei ben yn sydyn.

"Gan bwy?"

Edrychodd Carson i fyw ei lygaid.

"Washington, syr."

Anwybyddodd Carleton y coegni.

"Fe gei di ddiwrnod o orffwys; wedyn mae yna orchmynion newydd i ti."

"Mynd â'r Navahos i Bosque Redondo, syr?"

Ysgydwodd Carleton ei ben.

"Mae'r Conffederets felltith yna'n ystyfnigo tua Texas. Rwyt ti i arwain dau gant a hanner o filwyr oddi yma i flaen y gad, a chasglu pum cant arall ar dy ffordd yn ôl trwy Mecsico Newydd."

"I flaen y gad felly, syr?"

Ysgydwodd Carleton ei ben eto.

"Dim ond eu harwain i lawr yno, Kit; rwyt ti i ddychwelyd

gyda rhai o'th hen ddynion. Y rheini fydd yn arwain y Navahos i'r Bosque."

"Ond gall teithio i lawr i Dexas ac yn ôl gymryd pythefnos dda, syr!"

Cododd Carleton ei ysgwyddau.

"Dyna'r gorchymyn."

Pennod Saith

Ymhen ychydig ddyddiau roedd y Navahos wedi setlo mewn gwersyll ar gyrion Ffort Defiance. Codwyd tipis dros dro, gan nad oedd bwriad ganddynt i aros yno'n hwy nag ychydig wythnosau.

Aeth Herrero Grande a Manuelito i weld y Cadfridog Carleton a chafwyd addewid y byddai deuddeg wagenaid o fwyd ar gael i'r Indiaid bob yn eilddydd. Byddai'n rhaid i'r penaethiaid drefnu i rannu'r cyfan rhwng y llwythau. Cytunodd y ddau Navaho. Roedd rhai rheolau eraill nad oeddynt yn rhyngu'u bodd, fodd bynnag.

"Chewch chi ddim cadw ceffylau nac anifeiliaid ..." dechreuodd Carleton.

"Rhaid i ni gael ceffylau!" atebodd Manuelito

"I beth?"

"Rhaid i ni gael rhywfaint o ryddid ..."

"Dim ceffylau! Fydd dim angen anifeiliaid eraill arnoch chi chwaith – byddwn ni'n gofalu am eich bwydo."

Ceisiodd Herrero Grande ymresymu ag ef.

"Mae'r Navahos yn bobl falch, ac yn ymhyfrydu yn eu hannibyniaeth. Cytunwyd i gais y dyn gwyn i fyw ar y Bosque Redondo, ond rhaid i ni gadw rhywfaint o'n hannibyniaeth."

"Rydych chi wedi ildio'ch hawl i'ch annibyniaeth, Herrero Grande! Dibyniaeth! Dyna'r gair i chi'i gofio rŵan. Rydych chi'n dibynnu ar fy ewyllys da i a 'nynion nes y byddwch chi ar y Bosque."

A doedd dim twsu na thagu ar y Cadfridog. Doedd o ddim ar fwriad dechrau ildio, nac estyn consesiynau i'r Navahos. Go damia, roedd ganddo fo job i'w gwneud, ac fe'i gwnâi hyd eithaf ei allu. Roedd y Navahos wedi peri digon o drafferth iddo yn ystod y misoedd diwethaf hyn. Roedden nhw wedi bod yn gyfrifol am ladd a chlwyfo cannoedd o ddynion a hynny yn gwbl ddiangen. Cyn belled ag yr oedd o'n gweld, carcharorion rhyfel oedden nhw, ac fe gaen nhw eu trin felly. Fe gaen nhw eu bwydo a'u dilladu – dim mwy.

Wedi ychydig ddyddiau, fodd bynnag, fe sylweddolwyd nad oedd deuddeg wagenaid bob yn eilddydd yn ddigon i fwydo pawb. Ond doedd Carleton ddim ar fwriad symud modfedd. Fel y llithrai'r dyddiau yn wythnos a phythefnos roedd yna deimladau chwerw ymhlith y Navahos.

"Waeth i ni lwgu yng nghlydwch ein hogofâu yn y Ceunant nag yma wrth draed y Cotiau Glas!" oedd sylw Manuelito un prynhawn wrth i *ricos* y llwyth drafod eu cyflwr a'u trafferthion.

"Heb arfau na cheffylau waeth i ti heb â siarad lol fel yna," atebodd Herrero Grande.

Roedd Herrero yn ymwybodol iawn fod ei ddylanwad o fel pennaeth, a dylanwad Armijo, wedi lleihau'n arw ers yr ildiad, a bod *ricos* y llwyth yn fwy tueddol o droi at Manuelito neu Barboncito mewn cyfyng-gyngor. Nid nad oedd yn croesawu hynny; wedi'r cyfan, roedd o'n tynnu 'mlaen ac un dydd fe fyddai'n rhaid i rywun gymryd mantell yr arweinydd oddi arno ac ni allai feddwl am neb gwell na Manuelito i wneud hynny. Ond roedd o'n fyrbwyll!

"Nid lol ydi siarad am roi bwyd ym moliau'n pobl!"

"Nage, fe wn i hynny, ond lol ydi dwyn angau yn ddiangen ar ein pobl."

Roedd Manuelito ar fin ei ateb pan gododd Herrero ei law i'w atal. Aeth Herrero i'w dipi a dychwelodd gyda llestr bychan o bridd. Yn hwnnw y cadwai Herrero'r paent rhyfel. Estynnodd ei fys ato, ac yn ofalus tynnodd linell ar draws ei dalcen, ac un arall ar bob boch.

Daeth y *ricos* eraill yn nes ato. Roedd Herrero Grande yn arddel ei hawl fel pennaeth i siarad ac i osod cynllun ger bron y llwyth.

"Wnawn ni ddim byd ar frys. Mi gynlluniwn ni yn ofalus. Manuelito, fe gei di ddewis deugain neu hanner cant o fechgyn. Dewis nhw'n ddoeth. Fe gewch chi ddiflannu o'r gwersyll yma. Ewch i chwilio am Chico, Geronimo a Cochise. Gofynnwch iddyn nhw am geffylau a dychwelwch i'r mynyddoedd. Oddi yno, eich cyfrifoldeb chi fydd cadw mewn cysylltiad â ni. Dwyn bwyd os bydd raid, ond y chi, o'r tu allan i'r gwersyll, fydd cynhaliaeth y Navahos. Manuelito! Bydd y cyfrifoldeb yn fawr arnat ti."

Edrychodd Herrero ar y *ricos* eraill o un i un. Roedd pob un yn nodio'i ben ac yn gweld doethineb ei eiriau. Pan edrychodd ar Manuelito, roedd hwnnw'n gwenu. Caeodd ei ddwrn a'i ddal at ei galon.

"Mae Herrero yn bennaeth doeth," meddai.

Aeth Manuelito ar ei union i weld Haul y Bore. Roedd yn llawn cyffro. Onid oedd Herrero Grande wedi cyfaddef fwy neu lai mai camgymeriad oedd ildio?

"Rhaid i ti addo un peth i mi, Haul y Bore. Os symudir y Navahos ar fyrder, mae yna bobl yn y llwyth nad ydyn nhw mor gryf a heini â'r rhelyw. Wnei di drefnu fod yna un person ifanc yn gofalu am bob person hen, ac yn ei gynorthwyo?"

"Ond ble fyddi di?"

"Mi fyddwn ni'n eich gwarchod. Fe ofalwn ni amdanoch o'r tu allan – ond rhaid cael cryfder ar y tu mewn hefyd. Ac mi wn mai ti fydd y cryfder ymhlith y merched."

"Pryd byddwch chi'n dianc?"

"Ymhen ychydig ddyddiau. Bydd yn rhaid trefnu'r cyfan yn ofalus."

* * *

Daeth neges annisgwyl i Carleton ac yntau'n gwneud y paratoadau terfynol i gludo'r Navahos tua Bosque Redondo. Roedd o i gadw ysgerbwd o drŵp yn unig yn Ffort Defiance. Roedd pawb arall i'w hanfon ar unwaith i'r de-ddwyrain. Roedd Washington yn awr yn rhoi mwy o bwyslais ar drechu'r De a'r Conffederets nag ar symud yr Indiaid.

Bu'n ddyddiau pryderus a chyffrous i'r Navahos. Doedd dim gair wedi dod am eu taith i Bosque Redondo ac roedd y tywydd wedi gwaethygu. Roedd y gwynt wedi meinio ac roedd arwyddion o eira yng nghymylau'r nos. Roedd rhywfaint o gysgod y tu allan i wal y Ffort, ond dim byd tebyg i gynhesrwydd yr ogofâu a'r tipis o groen byffalo yn y Ceunant.

Teimlai Carleton fel dyn wedi'i ddal mewn trap. Ar y naill law roedd o fod i symud y Navahos i Bosque Redondo, ac ar y llall roedd o fod i anfon milwyr i ysgafnhau'r baich yn erbyn y Conffederets. Wedi cynllunio gofalus, credai y gallai barhau i anfon dynion i flaen y gad a bwydo a llochesu'r Navahos am bythefnos arall efallai. Wedi hynny, byddai'n rhaid cychwyn ar y daith o dri chan milltir i'r Bosque. Ond doedd ganddo mo'r dynion i ddelio ag unrhyw drafferthion neu wrthryfela a allai godi o blith yr Indiaid.

Am y chweched tro mewn pythefnos fe aeth Herrero Grande a *ricos* eraill y Navahos i weld Carleton. Roedd hwnnw'n ddiamynedd fel bob tro o'r blaen.

"Rhaid i ni gael gwell lloches a mwy o fwyd ..."

"Fedra i ddim darparu lloches i'm milwyr fy hun hyd yn oed!"

"Roedd addewid yng ngeiriau'r dyn gwyn ..."

"Does gan y dyn gwyn yn Washington ddim syniad be sy'n digwydd yma! Mae yna gannoedd ar gannoedd o ddynion yn cael eu lladd bob dydd yn y Rhyfel Cartref; mae'r rheini hefyd yn gweiddi am fwyd a thriniaeth."

Y tro hwn, nid Herrero Grande a wnaeth y siarad. Ildiodd ei le i Manuelito. Daliodd hwnnw dri bys gerbron llygaid Carleton.

"Tri haul eto. Tri haul i gael bwyd, lloches a chynhesrwydd. Wedi hynny, bydd y Navahos yn dychwelyd i Geunant de Chelley."

"Dychwelyd? Dychwelyd i be?"

"I farw os bydd rhaid."

A chyda hynny o eiriau, trodd Manuelito a gweddill y *ricos* ar eu sodlau a cherdded allan o swyddfa'r Cadfridog.

Rŵan, fe fyddai'n rhaid i bethau symud. Gwyddai Manuelito ac fe wyddai Carleton mai tridiau oedd ganddo i wneud rhywbeth. Drwy weddill y dydd hwnnw a'r diwrnod canlynol, aeth Manuelito o amgylch y llwyth. Bu'n siarad â phob un o'r bechgyn ifanc a ddewisodd. Sibrydodd wrthyn nhw ei ofidiau a'i obeithion. Os nad oedd Carleton yn bwriadu bwydo a llochesu'r Navahos fe wnaen nhw hynny eu hunain.

Roedd Carleton ar dân yn disgwyl Kit Carson o Dexas. Roedd o hefyd wedi anfon sgowtiaid i alw Dicks yn ei ôl. Roedd hwnnw a hanner cant o'i ddynion wedi gwirfoddoli i fynd i ysbytai'r fyddin i gladdu cyrff y meirwon, ac i losgi'r dillad gwlâu a'r blancedi rhag i'r frech wen ledaenu.

Ychydig iawn o ffydd oedd gan Carleton yn Dicks; yn wir, pan fyddai Dicks a'i ddynion yn patrolio'r Indiaid, byddai cwyn ar ôl cwyn yn dod i'w glustiau. Ond tueddu i'w hanwybyddu y byddai Carleton. Milwr heb ddim rhwng ei glustiau oedd Dicks, ond roedd o'n filwr da. Roedd Kit Carson ar y llaw arall yn deall Indiaid, a rhagwelai Carleton y byddai ei angen yn fuan.

Estynnodd Carleton botel o wisgi, ac aeth i eistedd wrth ei ddesg gyda phentwr o bapurau ac adroddiadau am y Rhyfel

Cartref a ddaethai i law y bore hwnnw. Roedd milwyr y ddwy ochr yn marw wrth eu miloedd, ac roedd y frech wen yn lledaenu'n gyflym. Drachtiodd yn helaeth o'i ddiod ac edrychodd tua'r nenfwd. Dyna'r cyfan roedd ei angen arno. Dwy fil a hanner o Indiaid oer a llwglyd, a chant a hanner o filwyr blinedig ac, efallai, gwael neu fregus eu hiechyd i'w gwarchod. Fe fyddai'r ychydig gannoedd a ddôi i ganlyn Carson yn flinedig wedi rhai wythnosau yn ymladd ar flaen y gad. Roedd Carleton yn gweld ei hun wedi ei wthio i gornel.

Roedd o wedi dilyn ei orchmynion hyd yma. Y milwyr oedd yn cael y flaenoriaeth ble roedd cig y gwartheg yn y cwestiwn. Unrhyw beth nad oedd yn ffit i'r milwyr ei fwyta, hwnnw gâi ei roi i'r Indiaid. Roedd angen pob croen a blanced posib yn yr ysbytai ar y ffrynt lein, felly fe fu'n rhaid gwagio'r storfeydd ac anfon wageneidiau o flancedi yno, ond roedd y gaeaf yn dod.

Roedd Carleton yn pendwmpian pan glywodd y twrf ym mhorth y Ffort.

"Marchogion! Marchogion yn dod!"

Kit Carson oedd yno, yn arwain trŵp o bedwar ugain. Pedwar ugain o ddynion blinedig ac ambell un clwyfedig.

"Mae Dicks a chriw o hanner cant y tu ôl i ni – efallai y byddan nhw yma ymhen diwrnod neu ddau. Mae ganddyn nhw wageni … pethau i'w llosgi a'u difa."

Nodiodd Carleton.

"Ydyn nhw'n gwisgo masgiau?"

"Ydyn, syr. Bydd yn rhaid iddyn nhw daflu *kerosene* ar y cyfan a'u llosgi."

Nodiodd Carleton drachefn. Ie, Dicks oedd yr unig un y gallai o ei ddychmygu a fyddai'n a fodlon derbyn y Doleri Perygl.

Byddai'r fyddin yn talu cannoedd o ddoleri i filwyr a fyddai'n fodlon gwisgo masgiau a menig ac, wedi claddu meirwon y frech wen, yn fodlon casglu'r blancedi, eu rhoi mewn wageni, ac yna eu gyrru filltiroedd i'r anialwch, eu trochi mewn *kerosene* a'u tanio a'u difa. Roedd hyd yn oed Carson yn tynnu'i het i Dicks am ymgymryd â menter o'r fath.

Roedd Carleton, fodd bynnag, yn poeni.

"Mae'r Navahos, yn enwedig Manuelito, yn aflonydd, Kit."

"Maen nhw wedi bod yma fis – fe ddylen nhw fod ar y Bosque erbyn rŵan, syr!"

"Fe fyddan nhw pan gawn ni ddigon o warchodwyr ..."

"Un addewid ar ôl y llall, syr. Un addewid ar ôl y llall yn cael ei thorri'n rhacs!"

"Nid fy mai i ydi'r Rhyfel Cartref, Kit!"

"Mae yna ddeinameit yn fan'ma syr!"

"Yna gorau po gynta i Dicks ddychwelyd!"

"Dicks, syr?"

"Rhaid ei gael o a'i drŵp – does gen ti ddim digon o ddynion i symud dwy fil a hanner."

"Dydi Dicks ddim yn dod hefo ni, syr. Mae yna fwy nag un o'r Apache a'r Navahos fasa'n fodlon lladd Dicks y cyfle cynta gaen nhw!"

"Feiddien nhw ddim!"

"Chlywsoch chi ddim am 'Chiquito', syr? Chlywsoch chi mo'r Indiaid yn sôn am ddial?"

"Rybish! Lol wirion!"

"Mae Dicks wedi ennyn cynddaredd y llwythau, syr. Fydd y daith ddim yn un hawdd os mai Dicks fydd yn arwain."

Ond chredodd Carleton mohono. Roedd o'n gwybod am y drwgdeimlad oedd rhwng Carson a Dicks. Ond roedd ymddygiad swyddogion i fod uwchlaw mân gecru.

* * *

Canol nos oedd hi, ac roedd hi'n oer. Roedd gwynt main o'r dwyrain yn chwipio ochr orllewinol y Ffort, ac er iddyn nhw geisio cadw'n glòs at ei gilydd, doedd dim dianc i'r Navahos rhag y meinwynt.

Ond roedd rhywbeth ar fin digwydd. Fe wyddai pawb hynny. Roedd Manuelito wedi dod o amgylch yn ystod y dydd ac roedd nifer o'r llafnau ifanc wedi bod yn hogi cyllyll er diwedd y prynhawn. Roedd Herrero Grande a Barboncito wedi bod yn tawelu meddwl y gweddill trwy siarad â nhw mewn grwpiau bychain.

Doedd hi ddim yn mynd i fod yn anodd i'r criw mwyaf adael. Manuelito oedd â'r broblem fwyaf. Gan ei fod yn un o'r *ricos*, roedd o i fod i fynd i mewn i'r Ffort fel y machludai'r haul, ac nid oedd i fod i adael nes toriad gwawr. Ond roedd Herrero wedi meddwl am hynny hefyd.

Yn gynnar y noson honno symudodd yr Indiaid yn gyflym a bwriadol tuag at y gorlan geffylau. Fuon nhw ddim yn hir yn dewis ceffyl bob un. Yn ofalus cerddwyd mor bell ag y gallent oddi wrth y Ffort cyn neidio ar gefnau'r ceffylau a charlamu oddi yno.

Cododd gwaedd o un o'r tyrau gwarchod, a chyn hir roedd Carleton a nifer o'i filwyr yn brasgamu allan at y gorlan. Cyrchwyd Herrero Grande a'r *ricos* eraill yn syth ato i'w swyddfa.

"Mae hyn yn peryglu eich dyfodol chi, Herrero!" cyfarthodd Carleton. "Mae dwyn ceffylau'r fyddin yn drosedd y gellir ei chosbi â chrogi!"

"Mae'n pobl ni'n llwgu! Does dim modd i ni ddal y rhai ifanc yma'n ôl! Cawsoch rybudd gen i dro ar ôl tro."

"Mi fydda i'n anfon Capten a thrŵp ar eu holau gyda'r gorchymyn i'w lladd i gyd os oes rhaid!"

"Mi a' i ar eu holau," cynigiodd Manuelito. "Efallai wedyn

y dôn' nhw'n ôl yn dawel a diffwdan ac y caiff y ceffylau eu dychwelyd hefyd."

"Fe fydd yna gosbi ..." cychwynnodd Carleton.

"Os oes disgwyl i mi ddod â'r Navahos ifanc yn ôl, rhaid i mi gael addewid na chânt eu cosbi!" meddai Manuelito'n bendant.

Aeth Carson at Carleton a sibrwd yn ei glust.

"Mae synnwyr yn yr hyn a ddywed o, syr. Yn gynta, fedrwch chi ddim fforddio anfon dynion allan ar eu holau, ac yn ail, mae Manuelito'n fwy tebygol o gael dylanwad arnyn nhw na neb arall."

O'i anfodd y cytunodd Carleton, ac roedd Carson ar fin cynnig mynd i ganlyn Manuelito pan welodd gysgod o wên yn croesi wyneb hwnnw. Penderfynodd ymatal.

"Fe gaiff Manuelito tan fachlud haul yfory i ddod o hyd i'r criw, a dychwelyd y ceffylau. Wedyn bydd milwyr yn chwilio amdanyn nhw."

Pan welodd Manuelito yn mynd trwy byrth y Ffort ar un o geffylau gorau'r fyddin fe groesodd feddwl Kit Carson mai hen lwynog cyfrwys oedd Manuelito wedi'r cyfan, yn cael sêl bendith pennaeth y Cotiau Glas i arwain hanner cant o ddynion ifanc allan i'r anialdir!

* * *

Yn hwyrach y noson honno, cafodd y Navahos eu deffro gan dwrf ceffylau a wageni.

"Blancedi i bawb!"

Deffrodd pawb. Oedden nhw'n clywed yn iawn? Oedden! Roedd milwyr mewn wageni'n dod trwy'r gwersyll yn rhannu blancedi!

"Blancedi i bawb!"

Doedd hyn ddim yn gwneud synnwyr i'r Navahos o gwbl.

Ychydig oriau yn ôl roedd pennaeth y Cotiau Glas yn chwythu bygythion am fod y llafnau ifanc wedi dianc a rŵan roedd ei ddynion yn rhannu blancedi! Chroesodd o mo feddwl yr un ohonyn nhw i ofyn pam fod y milwyr yn gwisgo masgiau a menig. Roedd yr Indiaid yn rhuthro atynt, yn gafael yn y blancedi a'u gwasgu at eu hwynebau a'u cyrff. Roedd o'n deimlad mor braf – teimlo'r gwres yn lapio'n gynnes amdanynt.

* * *

Y chwerthin a aeth â Kit Carson tua'r barics. Nid chwerthin cyffredin mohono, ond chwerthin aflywodraethus. Chwerthin o waelod bol. Pan safodd yn y drws, gwelodd Dicks ar ganol y llawr, a blanced amdano, yn dawnsio dawns ryfel o ddiolch. Cerddodd Carson yn syth ato. Distawodd y sŵn ar amrantiad.

"Be 'di ystyr hyn?" gofynnodd i Dicks.

"Dathlu, syr!" atebodd hwnnw'n wawdlyd.

"Dathlu beth?"

Distawrwydd.

"Dathlu beth?" Roedd min ar ei lais.

"Rhoi ychydig o gynhesrwydd i gyfeillion yr Is-gyrnol, syr!"

Yn sydyn sylweddolodd Kit Carson beth oedd wedi digwydd. Teimlai rywbeth yn corddi yn ei stumog. Roedd o eisiau chwydu. Roedd Dicks wedi rhannu blancedi'r frech wen i'r Navahos.

Lledodd gwên dros wyneb Dicks. Yn sydyn, tynnodd Carson ei wn, a chyda'r carn, trawodd Dicks yn greulon ar draws ei wyneb. Syrthiodd hwnnw i'r llawr. Estynnodd am ei wn, ond roedd Carson yn gynt nag ef. Rhoddodd gic iddo ym mhwll ei stumog. Gorweddodd Dicks yno'n llonydd.

" 'Ten-shun!" Gwaeddodd Carson ei orchymyn.

Cleciodd sodlau a ffurfiwyd rhengoedd.

"Sarjant! Ewch â Chapten Dicks i'r Ystafell Warchod a'i

gloi o yno. Wedyn, ugain o ddynion a dwy wagen i 'nilyn i yn syth i wersyll yr Indiaid."

"Ond, syr ..."

"Yn syth, Sarjant! Llond un wagen o goed, un arall o fwyd. A deg o'r dynion i wisgo masgiau a menig."

Ymhen ychydig roedd y Ffort yn ferw o brysurdeb. Aeth Kit Carson allan ar ei union i nôl Herrero a'r *ricos* eraill. Yna aethant allan i wersyll y Navahos. Gorchmynnodd i Herrero Grande drefnu i gasglu'r blancedi i gyd yn un pentwr.

"Mae pla ar y blancedi, Herrero! Dydyn nhw ddim ffit i'w defnyddio! Fe ddaw yna filwyr yma ymhen ychydig i'w llosgi," ychwanegodd.

"A beth wnawn ni yn y cyfamser?"

"Rydw i'n trefnu i chi gael ychwaneg o flancedi. Mi fydd milwyr yn dod â nhw ymhen ychydig o amser. Fe gewch chi hefyd goed. Gwnewch danau i gynhesu."

* * *

Roedd Carleton yn flin. Roedd o'n flin yn bennaf am iddo gael ei ddeffro ac yntau'n mwynhau ei gwsg.

"Ei restio fo, syr! Rhaid i chi ei restio fo a'i tsiarjo fo!"

"Milwr ydi o fel ti, Kit!"

"Pa fath o filwr sy'n lledaenu'r frech wen, syr? Ac yn peryglu iechyd y Ffort i gyd?"

"Pranc oedd o!"

"Glywais i chi'n iawn, syr?"

Anwybyddodd Carleton ei eiriau.

"Lle mae Dicks rŵan?"

"Dw i wedi'i daflu o i gell, syr."

"Beth?"

"Dw i wedi rhoi carn pistol ar draws ei wegil a'i roi o mewn cell, syr."

"Yna dos i'w ollwng yn rhydd!"

"Na wnaf, syr!"

"Beth?"

"Mae o fewn fy hawliau i fel is-gyrnol i orchymyn cadw milwr sydd wedi troseddu'n ddifrifol mewn cell, syr!"

Gwyddai yn syth na ddylai fod wedi rhoi pwyslais mor sarcastig ar y 'syr' olaf yna.

"Y fi sydd yn gorchymyn restio swyddogion sydd o dan f'awdurdod i – A NEB ARALL!"

Roedd wyneb Carleton yn fflamgoch. Camodd at y drws a'i agor.

"Sarjant! Dowch yma a dau ddyn hefoch chi! Ar y dwbwl!"

Mewn chwinciad, roedd y Sarjant wedi dod i'r ystafell gyda dau filwr.

"Mae'r Is-gyrnol Carson i'w restio, Sarjant!"

"Syr?"

"I'w restio a'i ddiarfogi, Sarjant!"

"Beth yw'r cyhuddiad, syr?" gofynnodd Carson mewn llais tawel.

"Anufudd-dod i ddechrau! Efallai y gallwn ni daflu ymosodiad ar gyd-swyddog i fewn yn rhywle hefyd!"

Safodd Carson fel delw o flaen Carleton, yna saliwtiodd yn goeglyd.

"Syr! Caniatâd i siarad, syr!"

Edrychodd Carleton dros ei guwch.

"Ie?"

Estynnodd Carson ei gyllell, ac yn araf a bwriadol torrodd ei ysgwydd-ddarnau oddi ar ei lifrai.

"Y mae perthyn i'r un gatrawd â Dicks yn troi fy stumog, syr! Mae eich bod chi'n gwybod am weithgareddau Dicks ac yn gwrthod fy nghefnogi yn troi fy stumog ymhellach, syr!"

"Carson!"

"Mae'n rhaid i rywun, rywbryd, ddweud 'NA', syr!"

"Fe fyddi di'n edifar ..."

"Byddaf ... syr!"

"Carson!"

"Gyda ... phob ... parch ... dydach chi ddim gwell na fo, syr!"

Tynnodd Carson ei felt a'i wn, a'u taflu ar ddesg Carleton. Roedd llygaid Carleton yn melltennu wrth iddo roi'r gorchymyn i'r Sarjant.

"Carson i'r gell, Sarjant, a'r Capten Dicks i ddod yma!"

Ymhen chwarter awr roedd Dicks yn sefyll o'i flaen a chlais du-las ar ochr ei wyneb. Rhoddodd Carleton orchymyn iddo fynd ar ôl Manuelito gyda hanner cant o ddynion. Doedd o ddim i ddangos trugaredd, a doedd o ddim i gymryd carcharorion.

* * *

Ymhen deuddydd, daeth Dicks a'i ddynion ar draws yr Indiaid yn cysgodi rhag lluwchfeydd ger Ransh y Ceffyl Du, a bu ysgarmes waedlyd. Doedd cyllyll y Navahos yn dda i ddim o'u cymharu â gynnau'r Cotiau Glas, ond llwyddodd Manuelito ac ugain o'r Navahos i ffoi i'r mynyddoedd.

Bu'r gweddill farw yn yr eira.

PENNOD WYTH

"HAUL Y BORE?"

Er ei bod yn dywyll fel y fagddu yn y babell, ymhen eiliad roedd Haul y Bore'n gwbl effro. Cododd ei phen a gosododd rhywun law gadarn dros ei cheg. Clywodd anadl boeth a sibrwd yn ei chlust.

"Chico!"

Llaciodd y llaw ei gafael, a chofleidiodd y ddau. Ymhen ychydig, roedd y ddau yn holi'i gilydd ac yn dweud eu newyddion.

"Ble mae Geronimo?"

"Dyna pam y dychwelais i."

"Chlywson ni ddim sôn am gyrchoedd wedyn."

"Mae Geronimo a'r gweddill yn sôn am fynd at y Nedni dros y gaea. Mi ddeuthum yn fy ôl i dy nôl di!"

"Chlywaist ti ddim beth sy wedi digwydd yma?"

"Naddo."

"Mae Manuelito a deugain o'r rhai ifanc wedi dianc ac wedi dwyn ceffylau'r fyddin. Eu bwriad yw ein gwarchod ni oddi allan ac, os bydd rhaid, ein cynnal."

"Ond fe fedri di ddod hefo fi rŵan?"

Oedodd Haul y Bore cyn ateb.

"Na fedraf, Chico. Fedra i ddim."

"Ydi 'nghlustiau i'n fy nhwyllo i?"

"Fedra i ddim dod hefo ti, Chico."

"Ond rwyt ti'n wraig i mi! Ac mi rydw i'n cynnig lloches a rhyddid i ti dros y gaea!"

"Rydw i wedi addo aros hefo 'mhobl."

"Rwyt ti wedi addo rhannu dy fywyd hefo fi!"

"Mae Manuelito wedi gofyn i mi arwain y merched ... bod yn gefn i'r hen a'r gwan."

"Ond mae 'na eraill fedr wneud hynny!"

"Mi addewais, Chico. Mi addewais i i Manuelito yr awn hefo'r llwyth i'r Bosque, a does yna ddim byd a fedr wneud i mi dorri 'ngair."

Bu Chico'n ddistaw. Roedd wedi gobeithio y byddai Haul y Bore wedi neidio at ei gynnig i gael ymryddhau o'i chaethiwed; wedi neidio at ei gynnig i gael bod yn ei gwmni am aeaf cyfan. Ac eto roedd o'n deall ei hamharodrwydd. Onid dyna a wnâi yntau pe bai yn ei hesgidiau hi?

"Gwyddost y deuwn gyda thi'n llawen ..."

Rhoddodd Chico'i fys ar ei gwefusau, ac ysgydwodd ei ben.

"Shd!" sibrydodd. "Rydw i'n deall."

"I ble'r ei di, rŵan?

"Aros yma am ychydig oriau, wedyn ...?"

Doedd o ddim wedi meddwl. Roedd Mecsico i'w weld mor bell, ac yntau'n gwybod rŵan mai mynd ymhellach oddi wrtho a wnâi Haul y Bore bob dydd.

"Efallai yr a' i i chwilio am Manuelito," sibrydodd cyn gorwedd wrth ei hymyl a theimlo'i chynhesrwydd yn gwasgu yn erbyn ei gorff.

* * *

Pan ddychwelodd Dicks wedi'r ysgarmes gyda Manuelito, gorchmynnodd Carleton iddo gychwyn y paratoadau ar gyfer symud yr Indiaid i'r Bosque Redondo. Roedd i fynd â phedwar ugain o ddynion a digon o fwyd i bawb am dair wythnos – yn ôl amcangyfrif Carleton, dylai gwblhau'r daith mewn tair wythnos.

Ymhellach roedd o fewn ei hawliau i saethu unrhyw un

oedd yn ei wrthwynebu mewn unrhyw fodd – boed hwnnw'n filwr neu'n Indiad. Doedd neb i ymyrryd â'r daith, a doedd neb i arafu'r daith ychwaith.

Gwenu a wnaeth Dicks.

"Gadewch chi'r cyfan i mi, syr. Mi ofala i y cyrhaeddan nhw ben eu taith!"

Oedodd Dicks cyn gadael.

"A Carson? Beth sy'n mynd i ddigwydd iddo fo?"

"Cwrt-marsial. Dyna sy'n aros Carson!"

Gwenodd Dicks drachefn.

"Mae o'n rhy feddal i fod yn filwr, syr."

* * *

O'i gell yn y Ffort, gallai Kit Carson glywed sŵn y paratoadau y tu allan. Pan gâi ei brydau bwyd, holai'r gwarchodwyr yn dwll am yr hyn oedd yn digwydd a suddodd ei galon pan glywodd mai Dicks oedd i fod yng ngofal yr Indiaid ar eu ffordd i Bosque Redondo.

"Dydw inna ddim yn cytuno â'r hyn sy'n digwydd, syr."

Edrychodd Carson mewn syndod ar y corporal. Rhoddodd hwnnw'r plât bwyd ar yr astell yn y gell cyn dweud dim pellach. Roedd fel petai'n pwyso a mesur ei eiriau'n ofalus.

"Mi wn mai milwr ydw i, syr, a bod yn rhaid i mi ufuddhau i orchmynion fy swyddogion, ond roedd clywed am Dicks gyda'r blancedi yn troi fy stumog. Ac mae rhai o'r hogia'n dweud fod yna orchymyn answyddogol mai lleia'n y byd o Indiaid fydd yn cyrraedd y Bosque ..."

Moelodd Carson ei glustiau.

"Ble glywaist ti hynna?"

"Dyna'r siarad yn y barics, syr."

"Beth ar wyneb y ddaear rydan ni'n caniatáu iddo ddigwydd?"

Gofynnodd Carson y cwestiwn yn uchel iddo'i hun, yn hytrach nag wrth y milwr. Bu hwnnw'n dawel am ysbaid.

"Mi fydda i'n gorffen fy shifft warchod am dri y prynhawn, syr."

"Beth?"

Aeth y corporal i'w boced ac wedi taflu golwg frysiog at y drws, rhoddodd wn wrth blât bwyd Carson.

"Rhyw dro wedi tri, syr." Yna ychwanegodd, "Mae'r Cyrnol wedi gorchymyn cau'r dorau am wyth ar ôl i'r trŵp a'r Navahos adael."

Yna aeth allan trwy'r drws gan ei gloi ar ei ôl.

* * *

Fe gymerodd bedair awr i'r Indiaid i gyd adael y Ffort, ac nid edrychodd yr un ohonyn nhw yn ei ôl.

Buasai Haul y Bore'n brysur yn trefnu'r daith. Roedd wedi gofalu, yn ôl gorchymyn ei thad, nad oedd yr un o'r hynafiaid i gerdded wrth ei hunan, ac roedd yn ddealledig mai'r Navahos oedd i benderfynu pa mor gyflym y byddent yn teithio.

Dicks oedd yn arwain, gyda thri sgowt a phedwar milwr, ac roedd gweddill y trŵp wedi ffurfio'u hunain yn warchodwyr o boptu'r cerddwyr, gyda'r wageni'n dod yn olaf.

Ar derfyn y dydd cafodd Herrero Grande wŷs i ddod i babell Dicks.

"Rhaid i ni gyflymu!"

"Fedrwn ni ddim mynd ond ar gyflymder y rhai ara."

"Dyna bwrpas y wageni gwag, Herrero! Caiff y rhai ara eu cario ar derfyn y dydd."

"Os awn ni'n rhy gyflym ar y dechrau, fyddwn ni wedi diffygio cyn cyrraedd hanner ffordd!"

"Y FI sydd yn penderfynu cyflymder y daith nid y Navahos! Rŵan, os na fyddwn ni wedi teithio o leia bum milltir yn fwy yfory nag a wnaed heddiw, mi fydda i'n rhannu'r llwyth yn ddau. Bydd y rhai ara i gyd yn dod y tu ôl i ni."

Doedd dim bwriad ganddo i wneud hynny. Gwyddai mai dim ond trafferth a achosai cynllun o'r fath. Ond roedd yn rhaid dangos o'r dechrau pwy oedd yn ben.

Ceisiai Herrero ddyfalu a oedd Dicks o ddifrif? Ffolineb noeth fyddai rhannu'n ddwy garfan. Ond o gofio am ystrywiau Dicks, efallai mai gweld ei gyfle i gael gwared â rhai o'r gweiniaid roedd o. Na, roedd rhaid cadw pawb gyda'i gilydd. Dyna pam yr ildiodd Herrero.

"Mi ga i air â'r *ricos* eraill. Mi gân' nhw ddweud wrth bawb am geisio cyflymu." Oedodd cyn ychwanegu, "Mae 'na ffordd syml i gyflymu'r daith …"

"Sut?"

"Mae'r wageni ar hyn o bryd yn teithio'r rhan fwya o'r dydd yn wag. Beth am roi'r hen a'r musgrell yn rheini, a gadael iddyn nhw fynd awr neu ddwy o'n blaenau? Yna'r wageni i ddychwelyd?"

Gwyddai Dicks fod synnwyr yn hyn, ond doedd o ddim am gytuno.

"Cawn weld!" meddai'n swta.

* * *

Fel yr âi'r dyddiau rhagddynt roedd nifer o'r Indiaid yn gwanio, yn enwedig yr hen. Fesul un ac un roedden nhw'n disgyn ac yn diffygio ond ni chaniateid i neb arafu'r daith. Câi'r gweiniaid eu cario fesul awr mewn wageni, ond yna byddai disgwyl iddynt gerdded am yr awr nesaf. Doedd Dicks ddim wedi mabwysiadu cynllun Herrero.

Roedd rhai o'r Cotiau Glas yn fwy goddefgar na'i gilydd, ond roedd eraill yn llawn casineb at yr Indiaid. Wedi iddi dywyllu, ac wedi i Dicks alw ar bawb i aros a chodi gwersyll, fe âi hanner dwsin o filwyr yn eu holau gyda wagen i gludo'r rhai oedd heb gyrraedd. Ar yr adegau hynny y dechreuodd rhai ddiflannu.

Dianc oedden nhw yn ôl Dicks, ond âi ias trwy gorff pob Indiad pan welent y wagen yn gadael ar derfyn dydd. Weithiau fe fydden nhw'n clywed sŵn saethu o bell, a byddai'r wagen yn dychwelyd yn wag. Dro arall deuai dau neu dri yn ôl ynddi pan ddylai fod yna ddeg neu ddeuddeg.

Roedd Dicks yn gwrando'n ddyddiol ar gwynion Herrero, ond yn gwneud dim oll amdanynt – dim ond gwenu.

Roedd y nerth a'r ysbryd yn cael eu sugno'n araf o gyrff y rhai oedd ar ôl. Wedi diwrnod o gerdded, doedd dim awydd na phenderfyniad i wrthsefyll nac i ddadlau, dim ond i dderbyn.

* * *

Pan glywodd Kit Carson ddrws ei gell yn agor, teimlodd y gwn yn ei boced a pharatoi i ddianc. Aethai tridiau heibio ers i'r Indiaid gychwyn ar eu taith, ac roedd o'n disgwyl ei gyfle.

Roedd wedi penderfynu aros tan y penwythnos. Doedd o ddim am ymladd â'r milwyr pe gallai beidio, a gwyddai y byddai'r rhan fwyaf ohonynt yn gaeth i'w barics gydol y Sul. Roedd amser cinio'r Sul yn dynesu – amser tawela'r wythnos. Hwn fyddai ei gyfle.

Pan agorodd y drws, cafodd sioc o weld Carleton yno.

"Cau'r drws ar fy ôl, a gad lonydd i ni nes bydda i'n galw arnat," gorchmynnodd Carleton i'r gwarchodwr. Wedi i'r drws gau troes at Carson.

"Mi fedrwn anghofio fod hyn wedi digwydd."

"Fedra i ddim gwneud hynny, syr."

"Fe allai'r holl gyhuddiadau gael eu gollwng."

"Dydw i ddim yn dymuno i hynny ddigwydd, syr."

"Paid â bod yn blydi ffŵl!"

"Dydw i ddim yn credu mai fel yna y bydd y Cyrnol Canby, na'r cwrt-marsial, yn gweld pethau, syr."

"Pwy soniodd am Canby?"

"Dau gadfridog a chyrnol ydi'r drefn i un o'm rheng i, syr. A'r Cyrnol Canby ydi'r agosaf at Ffort Defiance."

"Mewn sefyllfa o ryfel, mae'r hawl gen i i benderfynu!"

Gwyddai Kit Carson mai ceisio dod allan o dwll yr oedd Carleton.

"Mi dderbynia i unrhyw ganlyniadau, syr."

"Mi fedrwn i dynnu fy ngwn, a'th saethu di rŵan! Mi fedrwn i daeru dy fod yn ceisio dianc!"

"Ac mi wnaech hynny?"

"Petai raid, gwnawn!"

Tynnodd Carson ei wn o'i boced; llamodd at y Cadfridog a rhoi ei faril o dan ei ên.

"Beth am wneud hynny te, syr!"

Gallai Carson weld y diferion chwys ar dalcen Carleton.

"Paid …"

"Dw i wedi dod ar draws cythreuliaid yn fy nydd, ond rydach chi'n coroni'r cyfan, syr!" Poerodd y gair olaf o'i geg.

"Paid â gwneud dim byd gwirion!"

"Dim byd gwirionach na hyn, syr!"

Yn sydyn cododd y gwn a dod ag ef i lawr ar gorun y Cadfridog. Suddodd yntau i'r llawr. Tynnodd Kit ei felt a'i wn a'u gwisgo am ei wregys ei hun. Yna diosgodd diwnic y Cadfridog a chydiodd yn ei het. Aeth at y drws a chnociodd deirgwaith arno. Pan agorodd y gwarchodwr y drws, edrychai i lawr baril gwn ei Gadfridog.

"Dim smic a chei di ddim niwed! Tyrd i mewn!"

Wrth i'r gwarchodwr ei basio ar ei ffordd i'r gell trawodd Carson ef ar ei wegil. Disgynnodd yntau yn un swp wrth ochr Carleton.

Mewn chwinciad roedd Carson allan o'r gell, ac yn esgyn yn

hamddenol i gyfrwy un o'r ceffylau oedd wedi eu clymu y tu allan. Gwisgai gôt Carleton ac roedd ei het am ei ben. Roedd wedi marchogaeth chwarter milltir oddi wrth ddorau'r Ffort pan giciodd ei esgidiau i ystlys y march. Roedd wedi clywed y gweiddi o'r tu ôl iddo.

Marchogodd yn galed am rai oriau, ac erbyn iddi ddechrau nosi, gwyddai fod ei erlidwyr wedi troi yn eu holau. Doedd Carleton ddim am fentro anfon chwaneg o ddynion o'r Ffort.

*   *   *

Roedd Kit Carson yn flin. Am y tro cynta yn ei fywyd roedd o'n teimlo iddo fradychu pobl. Un peth oedd gwneud ei ddyletswydd fel milwr, peth arall oedd gorfod gweld yr Indiaid yn cerdded y daith hir i Bosque Redondo, a Dicks o bawb yn eu harwain. Roedd o wedi colli'i ffydd yn lân ym mhawb a phopeth a dyna pam y penderfynodd fynd yn ôl i'w hen ffordd o fyw. Anelodd am y mynyddoedd a Cheunant de Chelley.

Yno, blith draphlith ar lawr, roedd y carpiau a'r darnau o grwyn a adawsai'r Navahos ar eu holau yn eu brys i adael. Diosgodd Carson ei lifrai. Casglodd ddefnyddiau at ei gilydd. Ffeindiodd nodwydd o asgwrn pysgodyn a phwythodd ddillad iddo'i hun – dillad yn null y Cheyenne. Tynnodd ei gyfrwy oddi ar ei geffyl, a phaciodd ei ynnau. Roedd o angen amser i feddwl. Torrodd ffon onnen, a chasglodd wiail, a bu'n llunio bwa a saethau iddo'i hun.

Oedd, roedd o wedi dilyn ordors. Roedd o wedi llosgi cnydau'r Navahos. Ond rhyfel oedd hwnnw, ac roedden nhwythau'n derbyn hynny. Ond gorfodi plant a phobl i gerdded trwy stormydd y gaeaf? Roedd o wedi ffieiddio at hynny. A dyna pryd y meddyliodd am daflu'r iwnifform a phopeth a berthynai i'r dyn gwyn i'r tân. Oedodd. Gallent fod

143

yn ddefnyddiol iddo eto. Fe'u paciodd yn fwndel taclus a'u cuddio yn yr ogof.

Dyna'r amser hefyd y penderfynodd yr âi ar ôl y Navahos i'r Bosque. Dilyn y Navahos, a dilyn Dicks.

Roedd rhywbeth yn braf mewn byw'n wyllt, a'i gyfan ar ei geffyl. Fe gymerai saith neu wyth niwrnod efallai iddo ddal a goddiweddyd y llwyth, ond doedd dim brys arno. Dim brys o gwbl. Gallai gymryd ei amser. Doedd y Navahos na Dicks ddim yn mynd i unman ond i Bosque Redondo.

Setlodd i lawr mewn ogof i gysgu; fe arhosai yma un noson arall. Yna cofiodd am y noson honno y'i daliwyd yn ei wersyll! Gwenodd. Byddai'n rhaid iddo fod ar ei wyliadwriaeth rhag i hynny ddigwydd eto. Roedd ar fin syrthio i gysgu pan glywodd y sŵn. Sŵn ceffyl yn dynesu.

Deffrodd yn gyflym. Gweryrodd ei geffyl. Estynnodd ei law am y bwa a gorweddodd yn llonydd. Roedd rhywun yn nesáu ato, ac roedd hwnnw, pwy bynnag ydoedd wedi gwneud digon o sŵn iddo'i glywed. Roedd hynny'n fwriadol. Yna clywodd y chwibaniad isel a hir ac ymlaciodd.

Chwibanodd yn ôl. Cododd ar ei eistedd ac ymhen ychydig eiliadau daeth Chico i'r ogof ato. Rhaid ei fod wedi'i wylio'n cyrraedd.

Cododd Carson ei law gan arwyddo heddwch. Cododd Chico'i law a dangosodd ei graith i'r Taflwr Rhaffau. Daliai ei law arall ymhell oddi wrtho. Arwydd i Carson oedd hyn nad oedd yn dymuno drwg iddo. Yn araf ac yn fwriadol, wedi symud yn nes ato, aeth ei law tuag at ei ganol. Tynnodd ei gyllell o'i felt a'i thynnu hi'n greulon ar draws ei graith. Llifodd y gwaed, a chadwodd ei gyllell.

"Mae calon Chico'n galed?" meddai Carson. Ystumiodd ar Chico i ddod ymlaen ac i eistedd yn ei ymyl.

"Mae'r Taflwr Rhaffau yn ôl yn nillad ei frodyr."

Nodiodd Carson.

Yna wedi setlo'i hun gyferbyn â Carson, adroddodd Chico wrtho yn iaith yr Apache hanes treisio'i wraig. Adroddodd wrtho am ladd Chiquito. Dywedodd wrtho hefyd ei fod yn falch nad oedd Carson mwyach yn un o'r Cotiau Glas.

Er fod Carson wedi clywed rhannau o'r stori o'r blaen, gwyddai mai rhaid fyddai iddo wrando. Roedd Chico wedi dod ato i bwrpas, a rhan o egluro'r pwrpas oedd adrodd ei stori.

"Bûm yn siarad â Manuelito. Dywedodd am gastiau'r blancedi, ac am y Taflwr Rhaffau yn achub cam yr Indiaid. Yn ôl y sôn roedd y Taflwr Rhaffau wedi cwyno yn erbyn gŵr o'r enw Dicks?"

Nodiodd Kit arno.

"Ble'r aiff y Taflwr Rhaffau nesa?"

"Ar ôl Dicks. I lawr i Bosque Redondo."

"I ladd Dicks?"

Ysgydwodd Carson ei ben.

"Rhaid gofalu fod y Navahos yn cyrraedd y Bosque yn ddiogel. Wedyn mi gawn ni setlo efo Dicks."

Tynnodd Chico'i gyllell o'i felt. Yna'n herfeiddiol fe'i taflodd tuag at Kit Carson. Glaniodd hithau rhwng ei goesau. Roedd yr her wedi'i thaflu. Roedden nhw'n tramwyo'r un llwybr. Roedd Chico am fynd gydag ef, ond yn gyntaf, roedd yn rhaid i Carson brofi'i deyrngarwch.

Gafaelodd Carson yn y gyllell ac edrychodd i fyw llygaid Chico. Daliodd ei law gyferbyn â'i wyneb, a chydag un slaes torrodd ei law ei hun nes roedd y gwaed yn ffrydio. Estynnodd ei law at yr Indiad.

Gafaelodd hwnnw ynddi. Unodd eu gwaed.

* * *

Fel yr âi'r dyddiau rhagddynt, roedd Haul y Bore'n teimlo'i hun yn gwanio. Roedd hi hyd yma wedi llwyddo i osgoi Dicks er iddo fynd heibio iddi nifer o weithiau. Gwisgai Haul y Bore benwisg a cheisiai orau y gallai gadw o ffordd y milwr.

Roedd hi wedi dechrau cyd-deithio â Quanah, ond gwyddai Haul y Bore fod yr hen wraig hithau yn gwanio. Erbyn canol dydd byddai'n pwyso'n o drwm ar Haul y Bore, ac felly yr aent o gam i gam gan ddiolch pan alwai'r Cotiau Glas am chwarter awr o orffwys.

Un dydd, a hithau'n dechrau tywyllu, roedd Quanah, Haul y Bore a phedair arall wedi oedi ennyd, ac yn gorffwyso a'u pwys ar goed oedd fymrym oddi ar eu llwybr. Eisteddodd Quanah ar lawr a rhwbio'i choesau i geisio ystwytho'i chymalau.

"Tyrd, Quanah! Gobeithio mai heddiw fydd y dydd olaf y byddi di'n cerdded!"

Ceisio'i chysuro yr oedd Haul y Bore; gwyddai pawb fod Herrero wedi rhoi hyd drannoeth i Dicks i arafu'r daith, neu i gario'r hen a'r gwan yn y wageni drwy'r dydd. Roedd amynedd y pennaeth wedi pallu, ac roedd yr Indiaid i gyd yn barod am helynt.

"Beth fedr Herrero'i wneud?" gofynnodd yr hen wraig. " 'Tydi ysbryd Geronimo ddim yn ei ben na'i fynwes!"

Gwenodd Haul y Bore.

"Biti na fyddai rhywfaint o ysbryd hen wragedd yr Apache ynon ni i gyd!"

Roedden nhw hanner milltir y tu ôl i gorff y teithwyr, ond fe wydden nhw fod y wagen a milwyr eraill y tu cefn iddyn nhw. O weld fod Quanah'n eistedd sbardunodd un o'r Cotiau Glas ei geffyl tuag ati.

"Ar dy draed, yr uffern!"

"Fedr hi ddim! Wyt ti ddim yn gweld? Mae hi'n hen ac wedi blino!" Neidiodd Haul y Bore i'w hamddiffyn.

Tynnodd y milwr ar chwip oedd yn sownd yn ei gyfrwy. Cleciodd ei blaen ddwywaith – yn frawychus o agos at ben Quanah yr eildro. Ceisiodd yr hen wraig godi, ond methodd. Cleciodd y chwip drachefn. Safodd Haul y Bore rhwng

Quanah a'r milwr ac edrychodd i fyw ei lygaid. Am ennyd, credai Haul y Bore fod ei diwedd wedi dod, ond carlamu oddi yno a wnaeth y milwr.

Pan dywyllodd, a phan alwyd ar bawb i aros a chodi gwersyll, roedd Quanah, Haul y Bore a hanner dwsin o rai eraill yn dal y tu ôl i'r lleill ac yn araf ymlwybro tuag atynt. Roedd y wagen a phawb arall wedi'u pasio.

Roedd Quanah yn eistedd ac yn gorffwyso wrth foncyff coeden. Wrth glywed y wagen a rhai o'r milwyr yn dod yn ôl tuag atynt ceisiodd Haul y Bore gynorthwyo'r hen wraig i godi, ond fedrai hi ddim. Roedd coesau Quanah'n rhy wan i'w chynnal.

"Quanah!" rhybuddiodd Haul y Bore. "Cwyd ar dy draed! Rhaid i ti godi a cherdded!"

Ond roedd yr hen wraig wedi llwyr ymlâdd. Suddodd calon Haul y Bore pan welodd y milwyr yn dynesu. Dicks oedd yn eu harwain.

"Beth sy'n digwydd yma?" holodd.

"Mae'r hen wraig yn rhy wan i gerdded … rhaid iddi gael gorffwys neu ei chario yn y wagen."

"O!" meddai Dicks yn goeglyd "*Rhaid* iddi, ai e?"

Arhosodd ennyd a chraffodd ar Haul y Bore. Crychodd ei lygaid ac estynnodd ei law at y graith ar gefn ei wddf. Yn sydyn, cofiodd. Yr un eiliad fe sylweddolodd Haul y Bore ei fod wedi ei hadnabod.

Camodd Dicks yn ei flaen nes roedd o o fewn troedfedd i wyneb Haul y Bore. Tynnodd ei wn, a gwenodd.

"Y ferch yn y coed! Mae gen ti a fi fusnes bach heb ei orffen!" meddai'n dawel gan anwesu ei boch â baril ei wn. Roedd Haul y Bore yn gwbl lonydd a digynnwrf. Yr unig beth a wibiai drwy'i meddwl oedd y byddai Dicks unwaith eto'n cael ei ddefnyddio. Yn cael ei bleser.

Cododd ei law i'w tharo â'r gwn, ond yn sydyn, roedd Dicks

ar lawr, ac yn gwingo mewn poen. O'r tywyllwch y tu cefn iddo daethai saeth a'i phlannu'i hun yn ei ysgwydd. Rhyw ganllath i ffwrdd, clywodd Dicks a'r milwyr yr un sgrech ag a glywsant pan farchogodd Chico i'r gwersyll a thaflu'r gasgen bowdwr i'r tân. Sgrech ryfel yr Apache.

Taflodd y milwyr eu hunain oddi ar eu ceffylau, a chysgodi y tu ôl i'r wagen cyn anelu eu reiffls yn barod am ymosodiad o ble y daethai'r sgrech.

Daeth y sgrech drachefn.

"Taniwch!" gwaeddodd Dicks yn floesg.

Taniodd y milwyr i gyfeiriad y sgrech. Aeth pobman yn dawel. Llusgwyd Dicks i ddiogelwch y tu ôl i'r wagen ac arhosodd pawb am ei orchymyn nesaf. Craffai pob un ohonynt i'r gwyll.

"Welwch chi rywbeth?"

"Dim byd, syr."

Y tu ôl iddynt, eisteddai'r merched yn glòs at ei gilydd, y rhan fwyaf ohonynt yn crynu gan ofn. Roedd Haul y Bore hithau'n amau y byddai dial Dicks arnynt yn fawr. Cododd ar ei thraed ac edrych o'i chwmpas. Tybed oedd yna gyfle iddyn nhw ddianc? Rŵan? Tra oedd y milwyr wedi troi eu cefnau?

Clywodd sŵn o'r tu ôl iddi, a daeth llaw o'r tywyllwch i orchuddio'i cheg. Clywodd sibrwd yn ei chlust, ac yn araf baciodd yn ei hôl.

Daeth y sgrech o'r tu blaen i'r milwyr unwaith eto, a thaniwyd foli arall o ergydion i'r nos. Yna'n sydyn, roedd yna sŵn ceffylau'n carlamu.

"Maen nhw'n dod!"

"Defnyddiwch y rhain fel tarian!" griddfanodd Dicks wrth ei filwyr gan droi ac amneidio i gyfeiriad y merched. Sylwodd o ddim fod Haul y Bore wedi diflannu.

Llusgwyd y merched o flaen y wagen, a pharatôdd y milwyr am ysgarmes.

"Peidiwch â thanio! Peidiwch â thanio!" gwaeddodd Dicks.

Roedd newydd sylweddoli mai milwyr o'r gwersyll oedd ar y ffordd. Rhaid eu bod wedi clywed sŵn yr ergydion neu sgrech yr Apache ac wedi dod ar eu holau. Arafodd y ceffylau, a daeth gwaedd o'r tywyllwch.

"Ho!"

"Ho!" atebodd Dicks ar dop ei lais.

I'r llannerch tuthiodd deuddeg milwr. Rhoddodd Dicks ochenaid o ryddhad.

* * *

Er ei bod yn rhedeg mor gyflym ag y gallai ei choesau ei chario, gwyddai Haul y Bore na allai redeg fel hyn am yn hir. Er bod llaw gref y Cheyenne yn ei chynnal, a'i thynnu i redeg yn gyflymach, roedd hi'n teimlo'r nerth yn araf adael ei chorff, ac eto gwyddai mai rhedeg oedd raid os oedd am ddianc.

Roedd hi'n methu deall pam fod un o'r Cheyenne o bawb am eu hachub. Doedd dim cysylltiad brawdol rhwng y ddau lwyth, ac eto roedd y plu, a'r band lledr brown oedd wedi'i glymu rownd talcen ei hachubydd, ei fwa hir, a phlu ei saethau, yn dangos yn blaen mai Cheyenne ydoedd.

Rhaid bod y Cheyenne yntau wedi sylwi ar ei blinder, oherwydd am y chwarter milltir olaf o'u taith, rhoddodd ei fwa ar ei gefn ac fe'i cododd fel baban yn ei freichiau a'i chario. Nid arhosodd nes oedden nhw yn ddwfn mewn coedwig dewfrig.

Yno, gwelodd Haul y Bore fod camp wedi ei godi. Yno hefyd, roedd dau geffyl a phaciau ar eu cefnau.

Aeth y Cheyenne at un o'r ceffylau, ac wedi ymbalfalu yn un o'r paciau, estynnodd ddarn o gig iddi. Cnôdd hithau ef yn awchus.

"Mi ddaw yn ei ôl toc."

"Pwy?"

Gwenodd Kit Carson arni, a chododd ei law i ddatod y rhwymyn oedd ar ei ben.

"Chico."

"Chico!"

Pan dynnodd y band lledr oddi am ei dalcen, sylweddolodd Haul y Bore mai'r Taflwr Rhaffau oedd ei hachubydd.

"Mae Chico yma!"

"Ei sgrech o glywaist ti gynnau fach. Mae'r ddau ohonon ni wedi bod yn eich dilyn o hirbell ers rhai dyddiau."

"Dy saethau di a drawodd y wagen echdoe?"

Nodiodd Carson.

"Daethom ar draws rhai cyrff dridiau yn ôl. Roedden nhw wedi'u saethu."

"Dyna drefn y Cotiau Glas. Bob diwetydd, maen nhw'n anfon patrôl a wagen i gludo'r rhai araf yn ôl i'r camp. Mae yna ddegau wedi diflannu."

"Roedden ni wedi amau mai dyna a ddigwyddai. A'r noson o'r blaen, fel y dynesai'r wagen fe blannwyd dwy saeth yn ei hochr. Dim ond fel rhybudd i'r Cotiau Glas fod yna lygaid yn y nos!"

"Pan ddywedodd y sgowtiaid wrth Dicks mai saethau'r Cheyenne oedden nhw, roedd o'n methu'n lân â deall ..."

Hwtiodd tylluan.

"Mae Chico'n ôl!"

Cododd Carson wrth ei weld yn dynesu. Gafaelodd yn ei fwa a'i gawell saethau.

"Mi a' i i chwilio am swper iawn i ni!"

Ond doedd Haul y Bore ddim yn gwrando arno; roedd hi eisoes yn rhedeg i gyfarfod Chico.

* * *

Gallai Dicks ei gicio'i hun am fod mor esgeulus. Dylai fod wedi sylweddoli mai rhybudd oedd y saethau a drawodd y wagen ddyddiau ynghynt. Roedd hi'n amlwg fod yna grŵp bychan o Indiaid yn eu dilyn o hirbell, ond Cheyenne? Onid un o'r rheini oedd Carson? Na! Roedd o'n ddiogel dan glo yn Ffort Defiance. Ac eto, roedd ganddo hen deimlad annifyr ym mhwll ei stumog ...

Berwai ei waed am fod y ferch wedi diflannu. Petai ond yn gwybod ei bod ymhlith y Navahos ... Ble'r aeth hi tybed? Allai hi fyth byw yn hir heb geffyl na chynhaliaeth yn y tywydd yma. Edrychodd unwaith eto o'i amgylch. Roedd yr hen deimlad annifyr yna'n dal ganddo. Teimlad fod yna lygaid yn edrych arno ...

Edrychodd o amgylch y gwersyll. Roedd wedi dewis lle cysgodol i aros noson. Nid ei fod yn disgwyl ymosodiad, ond roedd yn dda ganddo weld clogwyn hanner can troedfedd o uchder yn gefn i wersyll y trŵp. Roedd y wageni yn gwarchod ochr ddeheuol y gwersyll, a gwersyllai'r Navahos i'r gogledd a'r dwyrain. Pe deuai ymosodiad, mater bychan fyddai symud rhai o'r wageni.

Waeth pwy oedd yn eu dilyn, roedd un peth yn sicr, fedrai o ddim treulio'r dyddiau nesaf yn ei gyfrwy. Estynnodd ei law a chyffwrdd ei fraich. Saethodd y boen i'w ysgwydd. Er fod ei fraich wedi ei rhwymo'n dynn i'w fynwes roedd y boen arswydus yna'n dal i frathu'i ysgwydd. Byddai'n rhaid iddo reidio'r wagen am beth amser.

I ble tybed y diflannodd y ferch? Berwai'i waed wrth feddwl amdani. Y noson honno, penderfynodd ddyblu'r gwarchodwyr. Rhag ofn.

* * *

Pan seiniodd biwgl y bore bach, gwyddai Dicks nad oedd yn ddyn iach. Roedd ei ben yn boeth a'i gorff yn brifo. Ceisiodd godi, ond methodd. Suddodd yn ôl i'w flancedi. Rhai munudau'n ddiweddarach, deffrodd, a synhwyrodd yn syth fod rhywbeth o'i le yn y gwersyll. Clywsai rai o'i swyddogion yn cyfarth eu gorchmynion, ond rŵan roedden nhw'n gorfod eu hailadrodd droeon.

Cododd ac aeth allan o'i babell.

Roedd y wageni'n barod i rowlio. Roedd y trŵp yn eu cyfrwyau, ond eisteddai'r Indiaid i gyd ar lawr. Yr unig un a safai oedd Herrero Grande. Safai hwnnw fel delw, a'i freichiau ymhleth, yn wynebu pabell Dicks.

"Beth uffarn sy'n digwydd?"

Cerddodd Herrero tuag ato.

"Fedr y Navahos ddim teithio heb fwyd yn eu boliau, heb orffwyso'n iawn. Rhaid i ni hefyd arafu. Mae nifer o'r hen bobol yn wan, a chanddyn nhw ddoluriau ar eu traed."

"Byddwn yn cychwyn teithio mewn pum munud! Unrhyw un na fydd ar ei draed, fe'i saethir!"

Dychwelodd Dicks i'w babell. Yn araf a phoenus, gwisgodd ei gôt a'i felt. Go damia'i ysgwydd! Gallai glywed y gwaed yn pwyo yn ei ben. Os oedd Herrero Grande a'i lwyth eisiau helynt – bydded felly.

Rhoddodd ei het am ei ben, a thynnodd ei wn o'i holster. Camodd allan drachefn. Daliai Herrero i sefyll yn yr union fan. Anelodd Dicks y gwn ato. Cododd murmur o blith yr Indiaid.

"Herrero, rwy'n gorchymyn i ti arwain dy bobl oddi yma! Unrhyw un na fydd ar ei draed erbyn i mi gyfrif i ddeg, fe'i saethir!"

"Ddim nes byddwn ni'n cael addewid o fwyd, mwy o orffwys ac arafu'r daith."

Taniodd Dicks ei wn a chododd y llwch wrth droed Herrero. Ni syflodd yr Indiad am ennyd.

"Un ... dau ... tri ..."

Troes Herrero at y llwyth, a gorchmynnodd iddynt i gyd sefyll. Wrth eu gweld yn codi fel un gŵr, gwenodd Dicks.

Yna'n araf a bwriadol, eisteddodd Herrero i lawr.

Cododd Dicks ei wn a'i anelu at ei ben.

"Dyma dy gyfle ola! Rwy'n gorchymyn i ti godi, ac arwain dy bobol oddi yma!"

* * *

Cyn gorffwyso'r noson honno bu Chico, Carson a Haul y Bore'n siarad yn hir.

"Ble mae Manuelito?"

Cododd Carson ei ysgwyddau a gwenu.

"Pwy a ŵyr? Fe ddihangodd o ac ugain arall o afael Dicks. Tebyg eu bod wedi dianc yn uchel i Fynyddoedd y Chusca."

Bu distawrwydd am ennyd. Roedd Haul y Bore'n cofio'r rheswm pam y dihangodd ei thad a'r hanner cant arall o Ffort Defiance. Eu bwriad oedd gwarchod y llwyth ar eu taith i'r Bosque.

"Pe byddai hynny'n bosib, byddai Manuelito yma," cysurodd Chico hi. "Efallai ei bod yn ddigon o gamp iddo fo a'r gweddill oroesi'r gaeaf yn y mynyddoedd."

"A gallai fod wedi cael ei ddal yn yr eira," cynigiodd Carson.

"Roedd y rhai a ddihangodd oddi ar y daith yn sôn am ddychwelyd i Geunant de Chelley."

"Efallai mai dyna'r peth gorau i ti a Haul y Bore ei wneud Chico. Dychwelyd i'r Ceunant. Mi ddilyna i'r llwyth i'r Bosque."

"Fedri di mo'u gwarchod ar dy ben dy hun!"

"Pa ddewis arall sydd yna?"

Teimlai Haul y Bore mai hi oedd yn creu'r anhawster i'r ddau i ddod i benderfyniad.

"Mi ffeindia i fy ffordd yn ôl i'r Ceunant," meddai. "Ewch chi ar ôl y llwyth."

"Feiddiwn i ddim gadael i ti wneud hynny, Haul y Bore. Fyddai Chico'n gwneud dim ond poeni amdanat ti! Na! Ewch chi'ch dau yn ôl. Mi ddylai'r llwyth gyrraedd y Bosque ymhen rhyw saith niwrnod, a synnwn i ddim na fydd Canby yn anfon trŵp i'w cyfarfod ymhen ychydig ddyddiau."

Pan ddeffrodd Haul y Bore a Chico'r bore canlynol, roedd y Taflwr Rhaffau eisoes wedi gadael.

* * *

"Waw wo-wow-o. Waw wo-wow-o."

Un llais a gychwynnodd y siant, ond rŵan roedd degau yn ymuno ynddi. Fel sŵn taran yn araf ddynesu codai'r lleisiau. Roedd y gri'n chwyddo. Tynnodd Dicks gliced ei wn yn ôl ac estynnodd ei fys at y triger.

Edrychai Herrero yn herfeiddiol i'w lygaid. Roedd o'n ei herio i wasgu'r triger. Roedd y gwaed yn codi i ben Dicks. Roedd ei glustiau'n llawn o sŵn yr Indiaid – a lleisiau rhai o'r rheini erbyn hyn wedi troi'n sgrech yddfol.

"Waw wo-wow-o. Waw wo-wow-o."

Heb edrych ar ei bobl, cododd Herrero ei law, a distawodd y gweiddi ar amrantiad. Roedd o wedi gweld y benbleth yn llygaid Dicks; roedd o hefyd wedi sylwi ar rywun i fyny'n uchel ar y clogwyn y tu ôl i'r Capten.

Yna clywodd Dicks sŵn arall o'r tu ôl iddo. Chwap! Troes ar ei sodlau a gwelodd gynffon saeth a'i phlu yn crynu yn y pridd lathen o'r tu ôl iddo. Yn uchel o ben y clogwyn atseiniodd sgrech. Un gair o sgrech oedd hi:

"GERONIMO!"

Pam ar wyneb y ddaear y gwaeddodd y gair hwnnw, wyddai Carson ddim, ond fe gafodd effaith ryfeddol ar y milwyr.

Troes pob un ei reiffl at frig y clogwyn a thanio fel un gŵr. Dyna a wnaeth Dicks hefyd, ond roedd hi'n rhy hwyr. Roedd Kit Carson wedi troi a diflannu. Llamodd ar gefn ei geffyl a charlamu i ddiogelwch.

Ymateb cyntaf Dicks oedd gweiddi ar ei filwyr i baratoi am ymosodiad. Llusgwyd y wageni yn gylch gwarchodol i wersyll y milwyr, ond pan na ddaeth yr ymosodiad hwnnw, sylweddolodd Dicks iddo gael ei dwyllo. Daliai Herrero i eistedd yn dawel.

Gafaelodd Dicks yn y saeth ac aeth i'w babell. Edrychodd ar y plu. Yr un math o saeth â'r lleill! Gorweddodd ar ei wely. Doedd o ddim hanner da. Gwaeddodd ar ei sarjant. Daeth hwnnw i mewn ato.

"Gyrra sgowtiaid allan mewn cylch rhag ofn fod yna berygl go iawn." Yna ychwanegodd yn dawelach. "Fe gychwynnwn ni deithio ar ôl cinio."

Suddodd yn ôl ar ei wely a chysgodd.

* * *

Bu gweddill y daith yn arafach ac yn brafiach i'r Indiaid. Ni wyddai Herrero ai'r rheswm pam yr idliodd Dicks oedd ei waeledd; efallai fod y milwr yn sylweddoli bod modd gwthio'r Indiaid yn rhy bell. O'r diwedd, câi'r wageni eu defnyddio i gludo pobl.

A hwythau dridiau o'r Bosque, cyrhaeddodd ychwaneg o fwyd a wageni iddynt o Ffort Sumner. Cafodd Dicks a'i filwyr deithio 'mlaen i Ffort Sumner i gael seibiant. Roedd gŵr arall i arwain y Navahos i'r Bosque – y Capten Patrick O'Connor.

Gwyddel mawr barfog oedd O'Connor. Dyn caled, fel Victor Dicks, ond doedd barbareiddiwch Dicks ddim yn nodweddu'r capten newydd. Pan adawodd Dicks, galwodd O'Connor ar i Herrero Grande ddod ato ar unwaith.

Holodd ef yn fanwl am y daith, a gwrandawodd yn astud tra bu Herrero'n disgrifio'r cyfan. Soniodd yn fanwl wrtho am yr Indiaid a ddiflannodd, y saethu y bydden nhw'n 'i glywed pan âi'r wagenni i nôl y rhai oedd ar ôl. A bu'n dweud hefyd am y modd a'r rheswm y clwyfwyd Dicks.

"Roedd gan y Capten Dicks waith anodd," eglurodd O'Connor. "Nid yn unig i ofalu am ei ddynion ei hun, ond i ofalu am filoedd o Indiaid hefyd. Roedd cyfrifoldeb mawr ar ei ysgwyddau."

Yn ateb iddo, edrychodd Herrero i fyw ei lygaid a thynnodd ei fys yn araf ar draws ei wddf.

Bu'r Capten yn astudio'r saethau.

"Nid saethau'r Navahos yw'r rhain?"

"Na."

"Na'r Apache chwaith?"

"Na."

"Cheyenne?"

Nodiodd Herrero. Doedd o ddim am wirfoddoli unrhyw gliwiau i'r capten newydd.

"Mae'r Cheyenne wedi crwydro'n bell!"

"Mae'r dyn gwyn yn gorfodi pob Indiad i grwydro'n bell!"

Anwybyddodd O'Connor y gic.

"Wyddost ti am y Taflwr Rhaffau?"

"Gwn. Roedd o'n un o'r Cotiau Glas a fu'n difa'n cynhaliaeth ni yng Ngheunant de Chelley!"

"Saethau'r Taflwr Rhaffau yw'r rhain!"

Doedd y newyddion ddim yn sioc i Herrero. Y Taflwr Rhaffau oedd wedi dinistrio'r blancedi a rannwyd gan Dicks, ac roedden nhw wedi clywed iddo gael ei garcharu am daro Dicks. Ac eto, sgrech yr Apache a glywsai'r merched pan saethwyd Dicks, a 'Geronimo' oedd y waedd oedd wedi diasbedain o ben y clogwyn. Gwenu a wnaeth Herrero.

"Mae'r Taflwr Rhaffau yn elyn peryglus, ond mae o'n deall poen yr Indiaid. Mae o hefyd yn adnabod drygioni ei bobl ei hun."

"Marchog yn dod!"

Cododd O'Connor ar ei draed. Un o'r gwylwyr oedd yn gweiddi. Aeth allan o'i babell.

"Marchog yn dod, syr!"

"Indiad, syr!" gwaeddodd un arall.

Wrth i'r Indiad nesáu, gwelai O'Connor ei fod yn dal ei law dde yn yr awyr fel arwydd o heddwch.

"Cheyenne ydi o'n ôl ei wisg, syr!"

"Peidiwch â thanio!" gorchmynnodd y Capten. "Mi wn i pwy ydi o!"

Gwyddai Herrero hefyd. Aeth O'Connor i'w gyfarfod.

"Kit!"

"Pat!"

Ysgydwodd y ddau ddwylo'n wresog. Wrth gerdded heibio i Herrero i babell O'Connor, arhosodd Carson ac edrychodd i fyw llygaid pennaeth y Navahos. Daliodd ei law chwith o'i flaen. Gwelodd Herrero'r clwyf a deallodd. Nodiodd ei ddealltwriaeth. Dim ond dau enw a ddeuai i'w feddwl – Manuelito neu Chico.

I mewn yn y babell agorodd O'Connor botel o wisgi a thywalltodd wydraid helaeth i Carson. Roedd y ddau ohonyn nhw wedi bod mewn sawl ysgarmes gyda'i gilydd ac roedd gan y naill gryn barch at y llall. Er iddo glywed llawer o straeon am yr hyn a wnaethai Carson, doedd O'Connor ddim yn un i ruthro i benderfyniad. Rŵan, roedd ganddo gyfle i glywed y stori o enau Carson ei hunan.

"Ti fuodd yn creu hafoc i Dicks? O leia dy saethau di!"

"Mae gan Dicks lawer i'w ateb drosto."

"Mae gen tithau yn ôl yr hyn a anfonodd Carleton i Canby."

"Dyna pam dw i yma, Pat."

"Yn ôl y gorchmynion a gawsom ni, rwyt ti i gael dy restio neu dy saethu!"

"P'run ydi hi i fod felly?"

"Gad i mi glywed dy ochr di o'r stori i ddechrau!"

Bu'r ddau yn siarad am oriau. Adroddodd Carson y cyfan wrtho.

"Rydw i'n barod i ildio, Pat, ond nid i Carleton na Canby. Fedri di drefnu i mi weld Sherman?"

"Fe ddylet ti ddewis rhywun uwch ei reng na chapten!"

"Wn i ddim bellach pwy fedra i ei drystio! Ei di â llythyr iddo fo?"

Nodiodd O'Connor.

"Tria ditha gadw allan o drwbwl! Dydi'r ffaith dy fod ti wedi saethu capten yn ei ysgwydd o ddim help i ti …"

"Pe na bawn i wedi gwneud hynny, mi fyddai cyflafan wedi digwydd."

"… na cheisio saethu Dicks eto, o ben clogwyn!"

"Fe allai degau os nad cannoedd fod wedi marw yno hefyd. Beth bynnag, pe bawn i eisiau lladd y cythraul, fyddwn i ddim wedi methu! Rhaid iddo fo sefyll ei brawf, Pat!"

"Dyna un peth yr a' i ar fy llw na ddigwydd!"

"Pam hynny?"

"Fe fedri di drio tan ddydd y farn, Kit, ond waeth i ti roi'r ffidil yn y to ddim. Chei di fyth Dicks i sefyll ei brawf. Hyd yn oed pe bai Sherman yn cytuno hefo ti, byddai'n rhaid mynd heibio'r *top brass*, a chan y byddai Dicks yn dadlau mai mewn rhyfel roedd o, hyd yn oed pe câi'r fyddin o'n euog, disgyblaeth fewnol fyddai hi ar y gwaethaf."

"Ei di â llythyr i Sherman beth bynnag?"

Nodiodd O'Connor.

Bu Carson wrthi'n ysgrifennu am bron i awr.

"Ble'r ei di nesa?"

" 'Nôl i gyfeiriad Ffort Defiance."

"Fe wyddost fod ychwaneg o'r Navahos wedi'u casglu ynghyd yno?"

"Roeddwn i'n meddwl mai dyma'r rhai ola?"

"Fe ddihangodd nifer oedd ar y teithiau cynta oddi ar y Bosque – rai wythnosau yn ôl – dros gant i gyd. Fe gawsant eu dal yr wythnos diwetha ger Ceunant de Chelley."

Roedd meddwl Carson yn rasio'n wyllt.

"Oedd Manuelito yn eu plith?"

"Mae o wedi diflannu ond fe ddaliwyd ei ferch."

"A Chico?"

"Mab Geronimo? Y cenau hwnnw! Chlywi di ddim rhagor amdano fo! Fe gafodd gleddyf drwy'i stumog yn y 'sgarmes."

* * *

Os oedd ei amser wedi dod i farw – bydded felly! Dyna a âi drwy feddwl Chico wrth iddo'i lusgo'i hun at lan yr afon. Faint oedd rhyngddo a Cheunant de Chelley? Hanner milltir? Milltir? Ochneidiodd. Roedd hi wedi cymryd tridiau iddo'i lusgo'i hun mor bell â hyn.

Roedd o wedi llwyddo i atal llif y gwaed o'i glwyf, ond gwyddai nad oedd hynny'n ddigon. Roedd yn poeri gwaed, a doedd o ddim yn medru cadw'i fwyd na'i ddiod i lawr.

Wrth gysgu, lapiai ei hun yn belen gron. Ceisiai beidio ymestyn rhag i'r clwyf ail agor, ond cwsg anesmwyth a gâi. Yn aml âi cwsg yn drech nag ef a llithrai'n anymwybodol.

Roedd ei stumog a'i ymysgaroedd ar dân, ac wrth iddo'n awr estyn ei law i godi dŵr i'w geg, tybed nad oedd hi'n amser iddo gilio? Chwilio am gornel esmwyth a gorwedd i ddisgwyl yr anochel?

Na! Roedd yn rhaid iddo ffeindio Haul y Bore!

Wedi i Carson eu gadael, buasai'r ddau ohonynt yn byw mewn coedwig y tu allan i Geunant de Chelley. Roedd gweld dychwelyd nifer o'r Navahos o'r Bosque wedi codi eu calonnau. Roedd y Navahos yn dychwelyd i'w cartref. Roedd gobaith eto am y dyfodol. Adroddwyd ganddynt straeon erchyll am y daith i'r Bosque, ac am yr amodau yno.

Un noson aeth criw ohonynt allan a dwyn un o wartheg y milwyr lai na milltir o'r Ffort, a phan ddychwelasant cawsant gig yn eu boliau am y tro cyntaf ers misoedd.

Yno'n cynllunio at y dyfodol yr oedden nhw pan ruthrodd y Cotiau Glas arnynt yn ddirybudd. Cwta chwarter awr y parodd yr ysgarmes. Roedd Chico wedi ceisio rhuthro am un milwr wrth iddo garlamu tuag ato. Welodd o mo'r cleddyf nes roedd hi'n rhy hwyr. Cafodd ei drywanu yn ei stumog a syrthiodd yn syth. Llwyddodd i rowlio i ddiogelwch llwyn a chrafangu'i ffordd oddi wrth yr ymladd. Disgynnodd i hafn, a bu'n gorwedd yno'n anymwybodol am beth amser.

Clywai'r milwyr yn chwilio amdano.

"Chico oedd o!"

"Mi rois i 'nghleddyf trwy'i stumog. Fedar o ddim bod ymhell!"

"Fa'ma oedd hi?"

"Ie."

"Fydd o ddim byw'n hir, lle bynnag mae o."

Pan lusgodd Chico'i hun yn ôl i'r gwersyll ar ôl i bawb adael, gwelodd fod chwech o'r Navahos wedi'u lladd. Doedd dim golwg o Haul y Bore, na neb arall.

* * *

"Bosque Redondo!"

Câi gwaedd y milwr ei hatseinio gan y milwyr eraill o un pen i'r llinell hir o Indiaid a gerddai tua'u man gwyn man draw i'r llall. Ond yn groes i ddisgwyliadau'r milwyr, doedd yna ddim golau yn llygaid yr Indiaid, doedd yna ddim sbonc na sioncrwydd yn eu cerddediad, a nhwythau, o'r diwedd, wedi cyrraedd pen eu taith.

Y cyfan a welen nhw oedd cannoedd ar gannoedd o Indiaid eraill yn rhythu arnyn nhw'n cyrraedd. Apache, Mescaleros, Shawnees, Wichitas, Zunis ... a Navahos, ac roedd yr un olwg freuddwydiol yn llygaid y rheini hefyd.

Pan drosglwyddodd y Capten O'Connor y cyfrifoldeb amdanynt i'r cyrnol yn Ffort Sumner, o'r ddwy fil a hanner a gychwynnodd y siwrnai arswydus honno o Ffort Defiance, y cyfrif terfynol oedd mil a phedwar cant.

* * *

Cafodd Dicks a'i drŵp saith niwrnod o orffwys yn Ffort Sumner. Ar derfyn yr amser hwnnw, roedd i ddychwelyd i Ffort Defiance.

Cawsai driniaeth i'w ysgwydd, ac roedd ei fraich a'i gymalau wedi ystwytho cryn dipyn ar ôl cael gorffwys. Ysai yn awr am ddychwelyd, oherwydd clywsai fod nifer o'r Indiaid wedi dianc o'r Bosque a bod angen eu casglu ynghyd unwaith eto yn Ffort Defiance.

Yn ôl yno y clywodd am y cyrch llwyddiannus ar Geunant de Chelley, am glwyfo Chico, ac am ddal Haul y Bore. Erbyn hyn, roedd tri chant o Indiaid wedi ymsefydlu y tu allan i'r Ffort yn barod i'w cludo i'r Bosque, ond y tro hwn, doedd Carleton ddim yn caniatáu unrhyw ryddid iddyn nhw.

Roedd eu gwersyll yng nghysgod un o'r waliau, ac roedd deg gwarchodwr yn gyson ar y waliau yn eu gwylio. Gyda'r nos, roedd eraill yn gwarchod o'u hamgylch.

"Pan fydd yna bum cant, mi gei di eu harwain yn ôl!"

Dyna oedd gorchymyn Carleton iddo.

Nid oedd wedi mentro i'w canol eto, er yr ysai am gael gweld Haul y Bore pe na bai ond i'w bygwth. Hi oedd yn gyfrifol am y clwyfau a gawsai yn ystod y misoedd diwethaf.

Daeth ei gyfle un prynhawn.

Roedd Carleton wedi marchogaeth i gyfarfod trŵp a arweiniai hanner cant o'r Mescaleros tua'r Ffort, ac roedd sôn bod Naiche, mab Cochise, yn eu plith. Petai hynny'n wir, byddai'n bluen yn het y Cadfridog.

Dicks a arweiniodd y wagen fwyd i wersyll yr Indiaid y prynhawn hwnnw. Aeth â chwe milwr i'w ganlyn.

"Ble mae Haul y Bore?" gwaeddodd Dicks wrth yr Indiaid a ymgasglai o amgylch y wagen.

Ni ddywedodd neb yr un gair.

"Ble mae hi?"

Edrychodd o'i amgylch.

"Pwy ydi'r pennaeth yma?"

Cerddodd gŵr ifanc tuag ato.

"Pwy wyt ti?"

"Necwar."

"Ti ydi'r pennaeth?"

"Does yna ddim pennaeth yma. Mae'r *ricos* i gyd ar y Bosque."

"Ble mae Haul y Bore?"

"Beth mae Haul y Bore wedi'i wneud?"

Neidiodd Dicks oddi ar y wagen. Tynnodd ei wn a cherddodd at Necwar. Edrychodd i fyw ei lygaid. Yna cododd ei wn a thrawodd yr Indiad yn galed yn ei wyneb â'r gwn. Disgynnodd Necwar i'r llawr. Cododd murmur o blith yr Indiaid, a chymerodd sawl un gam ymlaen. Clywyd cliciadau reiffls, ac arhosodd pob un.

"Paid!"

Daethai llais Haul y Bore o ganol yr Indiaid.

Edrychai'n welw a thenau. Cerddodd tuag at Dicks.

"Mae gen ti a finna fusnes i'w setlo!" meddai Dicks gan ddal y gwn o fewn modfeddi i'w hwyneb. "Ond fe gei di amser i feddwl yn galed. Ymhen wythnos neu ddwy, fe fyddi di eto ar dy ffordd i'r Bosque, ac allan yn fan'na ar y daith ..."

Nid rhuthro am ei wn mewn modd ymosodol a wnaeth hi. Un symudiad slic oedd o. Roedd hi wedi hanner gwenu ar Dicks a hwnnw wedi ymlacio fymryn. Gafaelodd Haul y Bore yn y llaw a ddaliai'r gwn a'i thynnu at ei phen. Yn reddfol tynhaodd Dicks ei afael yn y pistol a gwasgu'r triger. Yn rhy hwyr fe sylweddolodd ei bwriad. Roedd blaen y baril rhwng ei dau lygad pan ffrwydrodd y gwn a chwalu'i phenglog. Disgynnodd fel doli glwt wrth draed Dicks.

Y peth olaf a welodd Dicks oedd gwên fechan yn croesi'i hwyneb cyn i'r twll du yn ei thalcen ddechrau ffrydio'n goch ac i afon o waed ddechrau ffurfio o amgylch ei phen. Roedd y wên yna yn dweud llawer wrtho ac eto doedd o ddim yn deall. Roedd golwg fel dyn wedi'i syfrdanu arno. Edrychodd eto ar y corff wrth ei draed ac yna ar y gwn yn ei law. Beth ar wyneb daear a barodd iddi wneud y fath beth?

Rhoddodd Dicks ei wn yn ôl yn ei holster a safodd eto i graffu ar wyneb marw Haul y Bore. Doedd cyrff ddim yn bethau diarth iddo, ac eto fe aeth ias trwy'i gorff wrth edrych ar ei hwyneb hi. Drwy ystumiau angau a fferrodd ei hedrychiad, roedd yna awgrym o wên yn dal ar ei hwyneb. Fel petai hi wedi'i orchfygu ac wedi'i drechu. Fel petai'r fuddugoliaeth olaf yn eiddo iddi hi.

Ar amrantiad aeth y lle yn ferw gwyllt. Neidiodd rhai o'r Indiaid ifanc at y milwyr ac aeth yn ysgarmes ffyrnig. Taniodd y milwyr un foli ar ôl y llall, a phan ddistawodd y twrf, y Cotiau Glas oedd yn fuddugol. Er fod tri o'u plith nhw wedi'u lladd, roedd wyth ar hugain o'r Navahos yn gorwedd yn llonydd.

Doedd dim golwg o Necwar; roedd o wedi diflannu.

* * *

Gallai Carson weld y llanc yn rhedeg er ei fod gryn hanner milltir draw. Rhedai fel ewig, a deuai yn syth at Geunant de Chelley. Am un eiliad, tybiodd Carson mai Chico oedd, ond fel y dynesai gwelai ei fod yn fwy cydnerth, ac yn dywyllach ei groen. Navaho oedd o felly.

Wrth nesáu, arafodd y llanc, ac aeth i gysgod y coed. Ond daliai i ddod yn syth tuag at Carson. Chwibanodd Carson yn hir ac yn uchel. Ciliodd y llanc yn syth i'r coed.

Chwibanodd Carson eto. Ei fwriad oedd rhybuddio'r llanc o'i bresenoldeb. Daeth chwibaniad y ôl.

Cododd Carson ar ei draed, a cherdded yn syth at guddfan y llanc. Daliai ei ddwylo wrth ei ochr yn ddigon pell oddi wrth ei gorff. Arwydd i'r Indiad nad oedd yn dymuno drwg iddo.

Pan ddaethant wyneb yn wyneb, adnabu Necwar y Taflwr Rhaffau.

"Mi welais olion y 'sgarmes, a'r cyrff."

"Fe ddaethant yn ddirybudd, ac yn ddidrugaredd."

"Yn Ffort Defiance maen nhw?"

"Ie, ond ..."

"Ond, beth ...?"

Adroddodd Necwar hanes saethu Haul y Bore, a'r modd y bu iddo yntau ddianc.

"Mae dy bobl yn dioddef, Necwar."

"Fe fydd yna ddial!"

Ar hynny rhoddodd Carson ei law ar fraich Necwar.

"Ust! Glywaist ti rywbeth?"

"Naddo ..."

"Gwranda!"

Clustfeiniodd y ddau, a daeth sŵn egwan i'w clustiau.

"Tylluan!"

"Ganol dydd!"

Hwtiodd Carson yn ôl. Gwyddai ei fod wedi dod o hyd i Chico.

Rhedodd y ddau i gyfeiriad y sŵn, ac yno'n gorwedd yn ei waed ar lan yr afon yr oedd Chico.

Wedi'i ymgeleddu orau y gallai, edrychodd Carson ar Necwar ac ysgydwodd ei ben. Ciliodd y ddau ychydig oddi wrtho.

"Mae o wedi'i glwyfo'n ddrwg, Necwar. Mae'n gwaedu oddi mewn."

"Oes ganddo obaith?"

Ysgydwodd Carson ei ben.

"Pe câi ofal meddygol – efallai. Ond y lle agosaf iddo gael triniaeth yw Ffort Defiance, a fyddai gan bennaeth y Cotiau Glas mo'r ewyllys i'w wella."

* * *

"Dywed wrtha i, Necwar! Cyn i f'ysbryd ddychwelyd at Usen, rhaid i mi gael gwybod! Dywed bopeth!"

Yn araf, disgrifiodd Necwar farwolaeth Haul y Bore.

Cododd Carson a cherddodd ymaith. Rhoddodd ei bwys ar goeden, a throdd i edrych ar y ddau lanc. Daliai Necwar i adrodd ei stori wrth Chico. Teimlai Carson fel chwydu. Doedd dim pall ar greulondeb Dicks, a'r peryg oedd mai fo fyddai'n cael ei ddewis i fynd â'r gweddill i'r Bosque hefyd.

Ac yntau'n saith a deugain oed, roedd Carson wedi gweld llawer yn ystod ei fywyd, ond roedd Chico, nad oedd ond hanner ei oedran, wedi gweld mwy. Pe gallai, newidiai le â'r Apache y funud hon.

Cyn cysgu'r noson honno, bu Necwar a Carson yn sgwrsio.

"Dim ond deuddydd neu dri sydd ganddo i fyw, Necwar."

"Ble'r aiff y Taflwr Rhaffau wedyn?"

"Ddim yn agos at y dyn gwyn! Be wnei di?"

"Dial! Bydd yn rhaid i rywun ddial!"

Ysgydwodd Carson ei ben.

"Gad hynny i mi, Necwar. Dos yn ôl i'r Ffort a dos gyda'r llwyth i'r Bosque. Bydd y Navahos yn dal yn y tiroedd yma pan fydd y cof am Dicks a'i debyg wedi pylu."

"Ond beth wnei di?"

"Mae fy enw i gan y Cotiau Glas. Fel Geronimo a Cochise does yna ddim dyfodol i mi. Rydw i'n herwr. Crocbren sydd yn fy aros os ca i fy nal. Ti ydi dyfodol y Navahos, Necwar. Ti a'r criw ifanc fydd yn dychwelyd ryw ddydd i Geunant de Chelley."

* * *

Pan ddeffrodd Carson, roedd yn dal yn dywyll ond roedd wedi clywed rhywun yn galw'i enw.

"Chico!"

Roedd Chico wedi codi ar ei draed ac yn pwyso ar goeden. Cododd ei fraich a dangosodd y graith oedd ar gledr ei law. Gafaelodd Carson ynddi â'i law ei hun. Clodd eu dwylo.

"Mae Chico eisiau un ffafr."

Nodiodd Carson. Am beth amser bu'n gwrando ar Chico'n siarad.

"Dos i gysgu, Chico. Pan ddeffri di, fe gychwynnwn ni."

Wedi'i adael yno, aeth Carson i fyny i Geunant de Chelley. Aeth i'r ogof y dihangodd iddi rai wythnosau ynghynt ac estynnodd diwnic a het Carleton. Wedi'u gwisgo, rhoddodd y gwn a'r holster am ei ganol ac aeth yn ei ôl at Chico a Necwar.

Drwy'r dydd drannoeth bu'r tri'n ymlwybro'n araf tua Ffort Defiance. Oherwydd cyflwr Chico, bu'n rhaid aros nifer o weithiau. Gwyddai Carson o sylwi ar gochni'i lygaid fod y diwedd ar ddod, a gwyddai hefyd pe na bai Chico byw, beth fyddai'n rhaid iddo fo'i hun ei wneud.

"Ychydig oriau eto, Chico, ac fe fyddwn yno! Necwar, gwell i ti fynd yn ôl i'r gwersyll. Byddai'n dda i ti sleifio yno cyn iddi wawrio."

"Necwar! Cyn i ti ddychwelyd wnei di un peth i mi?"

Gafaelodd Chico yn ei arddwrn a'i wasgu.

"Pan glywi di'r stori am farw Dicks, cofia di ei hadrodd hi wrth dy blant a phlant dy blant. Dywed ti wrthyn nhw nad oedd pob Navaho ac Apache ddim yn dychryn pan welen nhw wyneb y dyn gwyn, na phan ddeuen nhw wyneb yn wyneb â thrais y Cotiau Glas!"

Diflannodd Necwar, a theithiodd Carson a Chico tuag at y goedwig lle trechwyd y Cotiau Glas gan Geronimo rai misoedd ynghynt. Ar gwr y goedwig honno, dewisodd Carson goeden. Taflodd raff yn uchel i'w fforch isaf a gadawodd hi yno. Rhoddodd Chico i orffwys ar bwys coeden arall gerllaw.

Cyn gadael, rhoddodd wn iddo. Gafaelodd Chico yn ei law.

"Brodyr!" sibrydodd yn floesg. Yna, roedd y Taflwr Rhaffau wedi mynd.

* * *

"Ho!" gwaeddodd y gwarchodwr trwy'r gwyll o ben y wal. "Pwy sydd 'na?"

"Wyt ti ddim yn adnabod cadfridog pan weli di iwnifform!"

"Sori, syr."

Gwaeddodd y gwyliwr ar geidwad y porth. Gwichiodd y drws yn agored a chymhellodd Carson ei geffyl i mewn i'r Ffort.

"Mae gen i neges frys i Dicks. Fedri di drefnu i'w geffyl gael ei gyfrwyo? Byddwn yn barod i gychwyn oddi yma mewn rhyw ddeng munud."

Ufuddhaodd y milwr yn syth. Doedd o ddim wedi croesi'i feddwl fod yna ddim byd o'i le ar yr hyn a ddywedasai Carson wrtho. Aeth am y gorlan i ddewis ceffyl ac estyn cyfrwy.

Cerddodd Carson ar flaenau'i draed tua barics y swyddogion. Oherwydd ei reng, byddai Dicks mewn ystafell ar ei ben ei hun.

Estynnodd ei bistol a chododd gliced y drws. Deuai aroglau cryf o chwys a wisgi o'r ystafell. Yr unig sŵn a glywai oedd y chwyrnu uchel a ddeuai o'r gwely yn y gornel bellaf. Mewn dau gam roedd wedi croesi'r ystafell.

"Dicks!" Roedd ei lais yn isel ac yn fygythiol.

Deffrodd Dicks i deimlo baril gwn yn dynn yn ei wddf. Deffrodd ar ei union. Roedd hi ar fin gwawrio ac yn y golau a ddeuai drwy'r ffenestr gallai weld Carson yn sefyll drosto.

"Beth uffar wyt ti'n meddwl rwyt ti'n ei wneud?"

"Mae'n amser talu'r pris!"

"Be?"

"Chiquito!"

"Pwy?"

"A Haul y Bore!"

"Dwyt ti ddim yn gall, Carson!"

"Ti sy ddim yn gall, Dicks!" Cliciodd y gwn a chwysodd Dicks.

"Ble rydan ni'n mynd?"

"Jyst tu allan i'r Ffort!"

Cododd Dicks ac estynnodd am ei drowsus. Roedd o'n meddwl yn galed am ffordd i ddianc. Doedd bosib fod Carson o ddifrif?

"Dim triciau, reit? Oherwydd bwled gei di, creda di fi."

Roedd ceffyl Dicks wedi ei glymu yn ymyl un Carson. Dim ond wrth gamu i'w gyfrwy y sylweddolodd Dicks am y tro cyntaf fod ei fywyd mewn perygl. Cofiai'n iawn mai Chiquito oedd enw'r plentyn a laddasai ar lan yr afon. Dyna'r oedd y ferch wedi'i weiddi arno. Dyna'r oedd Chico wedi'i weiddi arno cyn gollwng y gasgen o bowdwr du i'r tân. Yna cofiodd am fam y baban. Honno a droes ei wn o arni hi'i hun. Hi oedd Haul y Bore!

Roedd Carson yn mynd â fo fel oen i'r lladdfa. Roedd y diawl yn mynd â fo at yr Indiaid er mwyn iddyn nhw gael dial! Os felly, byddai'n rhaid iddo ei gadw'n fyw nes gadael y Ffort. Mae'n wir fod gwn Carson arno, ond tybed felly nad yma ar dir y Ffort yr oedd o saffaf? Roedd hi wedi gwawrio erbyn hyn a chlywodd Carson yn rhegi.

Esgynnodd y ddau i'r cyfrwy a gwaeddodd Carson "Ho!" i gyfeiriad y porth. Gwichiodd y giât anferth wrth iddi agor a dechreuodd y ddau symud tuag ati. Roedd Carson wedi gobeithio y byddai'n dal yn dywyll pan fyddai'n gadael y Ffort gyda Dicks.

"Cofia fod y gwn yma wedi'i anelu atat ti, Dicks! Un cam gwag ac fe gei di lond dy ben o blwm!"

Wrth duthio trwy'r porth gwaeddodd Dicks ar y gard.

"Cidnap! Dw i'n cael fy herwgipio!"

Mewn dim amser roedd y lle yn ferw. Trawodd Carson Dicks ar draws cefn ei ben gyda'i bistol nes iddo lithro yn anymwybodol dros wddf ei farch. Gafaelodd yn awenau'r ceffyl a'i dywys allan o'r Ffort. Clywodd ddryll yn tanio a theimlodd boen yn saethu trwy'i goes chwith. Edrychodd yn ei ôl. Roedd Dicks yn gorwedd yn anymwybodol ar draws gwar ei geffyl. Tywysodd ef i gyfeiriad y coed.

Ymhen ychydig daeth Carson at y fan lle'r roedd Chico'n aros amdano. Roedd o'n cyrcydu yno yng ngwlith y bore bach. Roedd y boen yn amlwg ar ei wyneb, a daliai ei fraich chwith ar draws ei stumog. Roedd y gwn yn y llall.

"Amser dial, Chico," meddai. "Ond maen nhw'n dod ar fy ôl i."

Gwenodd hwnnw arno fel hogyn drwg. Â chryn drafferth y cododd ar ei draed; dangosodd y graith ar ei law iddo. Cododd Carson yntau ei law.

Roedd Dicks yn dod ato'i hun.

Clymodd Carson y rhaff am ei wddf a'i thynnu'n dynn. Bu'n rhaid i Dicks godi. Clymodd Carson y rhaff yn sownd yn y goeden. Ceisiodd Dicks ymryddhau, ond roedd y rhaff yn rhy dynn iddo.

Sylweddolodd Dicks yn sydyn beth oedd yn digwydd.

"Carson! Kit? KIT!?" ymbiliodd Dicks. "Fedri di ddim gadael i hyn ddigwydd!"

Ysgydwodd yntau'i ben.

"Mae 'na gyfiawnder hyd yn oed mewn rhyfel, Dicks."

Troes ei gefn ar y Capten a sbardunodd ei geffyl i gyfeiriad y coed.

"Carson!" gwaeddodd Dicks ar ei ôl, ond nid arhosodd Kit Carson o gwbl. Dim ond unwaith y trodd Carson yn ei ôl a hynny i weiddi ar yr Indiad.

"Mae'r Cotiau Glas yn dod, Chico!"

"Carson!"

Ond roedd ei waedd yn ofer. Gwyliai Dicks ei obaith yn pellhau oddi wrtho fel y carlamai Carson nerth carnau ei farch oddi yno. Ond beth oedd y sŵn yna? Sŵn fel taranau yn dod o bell? Sŵn carnau ceffylau!

Tynnodd Chico forthwyl y gwn yn ei ôl, ac eisteddodd wrth fôn y goeden. Fferrodd Dicks pan glywodd y sŵn hwnnw. Roedd hi'n fore braf ac roedd yntau ar fin marw! Roedd wedi dod trwy ysgarmesau lu, a rŵan roedd yn mynd i farw dan law Indiad nad oedd eto'n hanner ei oed! Oedd o'n mynd i farw? Fedrai o wneud rhywbeth i'w achub ei hun? Tynnu sylw'r Indiad felltith yma cyn iddo fo wasgu'r triger a thanio'i ergyd?

Edrychodd eto ar Chico. Ceisiai hwnnw godi ar ei draed. Gallai Dicks weld ei fod yn cael trafferth. Gafaelai yn ei stumog ac roedd ei wyneb yn llanast o boen.

Roedd sŵn carnau'r ceffylau yn dynesu. Daeth fflach o obaith i galon Dicks. Yna anobaith. Fe fyddai'r Indiad ddiawl yma'n siŵr o orffen ei waith ysgeler cyn i'r milwyr gyrraedd. Yna roedd yr Indiad yn siarad.

"Edrych i'r coed, Dicks, beth weli di?"

Cododd ei olygon a chraffodd. Drwy gornel ei lygad fe welai'r trŵp yn dynesu.

"Beth weli di?" gofynnodd Chico drachefn.

"Coed ..." atebodd yntau'n ffwndrus. Draw fe welodd fod arweinydd y milwyr wedi gwneud ystum ar ei ddynion i aros.

"Beth arall?" Roedd ei lais yn floesg.

"Haul ..."

"Haul y bore, Dicks," hysiodd.

Aeth ias i lawr asgwrn cefn Dicks, a gwyddai'n syth nad oedd dianc i fod. Yn y llannerch draw gwelai'r milwyr yn estyn eu reiffls ac yn anelu at Chico. Edrychodd ar yr haul, yna ar Chico.

"Chiquito!" sgrechiodd y llais arno.

Daeth gwaedd y capten o'r llannerch draw.

"Taniwch!"

Ffrwydrodd ugain o reiffls y Cotiau Glas a ffrwydrodd gwn Chico.

Diffoddodd haul y bore.

NODYN HANESYDDOL

Ar Fedi 1af, 1866, herciodd Manuelito a thri ar hugain o Navahos i Ffort Wingate. Yn llwglyd ac yn flinedig, nhw oedd y renegades olaf i ildio. Cawsant eu cludo i Bosque Redondo. Yma yr ildiodd Herrero Grande yr arweinyddiaeth i Manuelito, ac oddi yma y cerddodd Manuelito yn ddyddiol i Ffort Sumner i gwyno am amgylchiadau ei bobl.

Ym mis Hydref, 1866, cafodd y Cadfridog Carleton wŷs i fynd i Washington i roi cyfrif o'i oruchwyliaeth. Y gŵr a benodwyd yn ei le oedd y Cadfridog Sherman. Adwaenai'r Indiaid Sherman fel gŵr â 'phoen yn ei lygaid, a haearn yn ei eiriau'.

Wedi cyfarfod hir â Sherman, cafodd Kit Carson gynnig i ddychwelyd i'r fyddin, a chael dyrchafiad. Gwrthododd, a bu fyw weddill ei ddyddiau ymhlith Indiaid.

Wedi gaeafu ym Mecsico, dychwelodd Geronimo a bu ef a'i ddilynwyr yn ddraenen yn ystlys yr awdurdodau am flynyddoedd. Pan ddaliwyd ef yn 1886, roedd 5,000 o filwyr yn chwilio amdano. Bu farw yn 1909.

Rhai misoedd wedi ei benodiad i Ffort Sumner aeth Sherman i Washington i bledio achos yr Indiaid. Y gwanwyn canlynol, symudwyd yr Indiaid i gyd o Bosque Redondo. Cafodd Manuelito arwain y Navahos yn ôl i fyw ar randir nid nepell o Geunant de Chelley.

Am restr gyflawn o'r llyfrau a
gyhoeddodd Eirug Wyn gyda'r Lolfa,
hwyliwch i mewn i'n gwefan

www.ylolfa.com

lle gallwch chwilio am lyfrau a'u
harchebu ar-lein – a chael copi o'n
catalog papur diweddaraf.

TALYBONT CEREDIGION CYMRU SY24 5HE
e-bost ylolfa@ylolfa.com
gwefan www.ylolfa.com
ffôn 01970 832 304
ffacs 832 782